Efendim!

Das Buch

»Meine Mutter hätte sich zunächst lieber die Fußnägel ziehen lassen, als in meine Heirat einzuwilligen, denn ich hatte mir Stefan ausgesucht. Eine Kartoffel. So nennen wir Türken manchmal deutsche Erdenbewohner. Weil sie ziemlich viele Kartoffeln essen und ungefähr genauso aufregend und sexy sind wie Kartoffeln, nämlich gar nicht. Aber meine Kartoffel ist ganz anders. Knackig, knusprig, würzig.«

Es ist anstrengend genug, die älteste Tochter einer Familie zu sein und von der Periode bis zum Abitur alles als Erste zu durchleiden. Doch wenn die älteste Tochter einer türkischen Familie als Freund einen baumlangen, blonden Mann mit nach Hause bringt, der auf den Namen Stefan Müller hört, dann wird es besonders anstrengend. Erst recht, wenn sie ihn auch noch heiraten will ...

Mit herzerfrischendem Humor erzählt Aslı Sevindim von deutsch-türkischen Befindlichkeiten, Ritualen und Komplikationen – und zeigt, dass der »Türke um die Ecke« längst mittendrin ist.

Die Autorin

Aslı Sevindim wurde 1973 in Duisburg geboren. Mit 17 machte sie erste Radiobeiträge für den Bürgerfunk und arbeitete bei Radio Duisburg. Dann zog es sie zum WDR Funkhaus Europa. Unter dem Titel »Typisch deutsch« verfasste sie Kolumnen für die *Westdeutsche Allgemeine Zeitung,* in denen sie über ihr Leben als Deutsch-Türkin berichtete. Derzeit moderiert Sevindim die Sendung »Cosmo TV« im WDR Fernsehen und das Magazin »Cosmo« im WDR Radio.

Aslı Sevindim

Candlelight Döner

Geschichten über meine
deutsch-türkische Familie

Ullstein

Besuchen Sie uns im Internet:
www.ullstein-taschenbuch.de

Umwelthinweis:
Dieses Buch wurde auf chlor- und säurefreiem Papier gedruckt.

Originalausgabe im Ullstein Taschenbuch
1. Auflage November 2005
© Ullstein Buchverlage GmbH, Berlin 2005
Umschlaggestaltung: Sabine Wimmer, Berlin
Titelabbildung: Anja Filler, München
Illustrationen: © Anja Filler, München
Redaktion: Angela Troni, München
Gesetzt aus der Bembo bei LVD GmbH, Berlin
Druck und Bindearbeiten: Ebner & Spiegel, Ulm
Printed in Germany
ISBN-13: 978–3-548-26367-0
ISBN-10: 3-548-26367-4

Annem, Babam, Gaye ve Müge için.
Und für Frank.

Hereinspaziert

In meinem Leben gibt es zwei entscheidende Faktoren: Familie und Essen.

Von beidem reichlich.

Das könnte daran liegen, dass ich Türkin bin, mag aber auch nur ein Klischee sein.

Meine Mutter heißt Gül und ist eine warmherzige, sehr lebhafte und resolute Person. Sie ist die ordnende Kraft in unserer Familie und verliert tatsächlich nur selten die Kontrolle – und das dann meist über die von ihr mühsam gezügelte deutsche Sprache.

Mein Vater Ali interessiert sich für Naturwissenschaften und Ingenieurskunst, und er kann gut zeichnen. In einem anderen Leben wäre er Leonardo da Vinci gewesen. Na, zumindest Daniel Düsentrieb.

Meine Schwester Sıla ist sechzehn Monate jünger als ich, hat unglaublich große dunkle Augen und macht mit ihrer Sturheit ihrem Sternzeichen Widder alle Ehre.

Unsere Jüngste Gözde, gerade mal zwanzig, hat die schönsten Haare von uns drei Schwestern, die schönste Nase, die schönste Haut – meine Eltern hatten anscheinend genug geübt.

Ich habe eine Hakennase, viel zu blasse Haut und – als Türkin! – griechische Füße, das heißt, mein zweiter Zeh ist länger als der große. Oder ist das vielleicht auch ein Klischee?

Egal, denn immerhin habe ich dem Klischee entsprechend mit unschuldigen einundzwanzig Jahren geheiratet. Doch mich hat niemand dazu gezwungen! Im Gegenteil, meine Mutter hätte sich zunächst lieber die Fußnägel ziehen lassen, als in meine Heirat einzuwilligen, denn ich hatte mir Stefan ausgesucht. Eine Kartoffel.

So nennen wir Türken manchmal deutsche Erdenbewohner. Weil sie – ganz einfach – ziemlich viele Kartoffeln essen. Manche heißblütigen Türken und Türkinnen wollen damit sicher auch zum Ausdruck bringen, dass Deutsche ungefähr genauso aufregend und sexy sind wie Kartoffeln, nämlich gar nicht.

Aber meine Kartoffel ist ganz anders.

Knackig, knusprig, würzig.

Für den Geschmack meiner Familie war Stefan anfangs trotzdem zu deutsch. Schwächeanfälle diesseits und jenseits des Bosporus waren die Folge meiner untürkischen Partnerwahl. Die ohnehin herabhängenden Mundwinkel meiner Tante Ferya in der Türkei sanken ins Bodenlose, wie mein Cousin Semih mir treu ergeben am Telefon berichtete. Unter ihrem penibel gebundenen Kopftuch soll sie wochenlang etwas von »ganz und gar untürkisch und unislamisch!« gezischelt haben.

Ihre berüchtigten Mundwinkel hätten sich dabei kaum bewegt, gerade so, als spräche sie zu sich selbst. Aber ihre Botschaft ist definitiv an die unzüchtige und ungläubige Welt da draußen gerichtet. Tante Ferya hatte auch handfeste Gründe für ihre Abscheu: Deutsche Männer eigneten sich nicht als Ehemänner, denn sie kannten keine Eifersucht, erklärte sie Semih. Nicht, dass sie das am eigenen Leib schon einmal erlebt hätte, um Allahs willen, nein. Doch laut meiner unfehlbaren Tante gibt es einen wissenschaftlich nachweisbaren Grund für dieses unduldbare Verhalten des deutschen Mannes: Er isst Schweinefleisch und wer Schweinefleisch isst, der kennt keine Eifersucht, schließlich kennt das Schwein auch keine Eifersucht.

So einfach ist das.

Dass Tante Ferya gerne und oft dumm dreinschauende Rindviecher isst, hat zwar auch Folgen für ihr Verhalten, aber der bei uns Türken obligatorische Respekt vor älteren Menschen verbietet es mir, ungehörige Bemerkungen dazu zu machen.

Von der zunächst breiten Ablehnung in meiner Familie motiviert, habe ich Stefan behalten und ihn geheiratet ... Die Einzelheiten erzähle ich Ihnen dann später.

Zwei Dinge kann ich aber jetzt schon verraten: Erstens habe ich bei der Eheschließung meinen türkischen Nachnamen behalten. Und zwar aus gutem Grund. Mein Mann heißt hinten »Müller« und das ist ja wohl mehr ein Sammelbegriff als ein Name.

Und zweitens sind wir inzwischen seit über acht Jahren verheiratet und haben damit die prophezeite Halbwertzeit unserer deutsch-türkischen Verbindung laaaaaaaaaange hinter uns gelassen. Das verwundert viele.

Genauso merkwürdig finden einige aber auch, dass wir noch immer keine Kinder haben. Wir sind überhaupt nicht abgeneigt, warten allerdings noch etwas planlos auf den richtigen Moment. Wir sind überzeugt, er wird in absehbarer Zeit kommen. So entspannt sehen andere das nicht: Acht Jahre Ehe, ohne Nachwuchs gezeugt zu haben – das finden sie nun wirklich nicht normal. Noch dazu, wenn einer der beiden Beteiligten türkischer Herkunft ist.

Der Türke an und für sich liebt nämlich Kinder und kann gar nicht genug davon um sich haben. Daher die latente Neigung zu Kingsize-Familien. Doch für meine Generation gilt das nicht mehr uneingeschränkt, deshalb zählt es auch zur Lieblingsbeschäftigung unserer Eltern, sich über uns junge Leute zu beschweren. *Ah, vah, vah –* angeblich verkommen wir völlig, will heißen, wir verdeutschen immer mehr, entfernen uns von unserer Kultur und wissen die wahren Werte im Leben, wie zum Beispiel das Gründen einer Familie, nicht mehr zu schätzen.

Es ist aber auch wirklich keine Kleinigkeit, im Beruf genauso erfolgreich zu sein wie »die Deutschen« (das erwarten unsere Eltern durchaus) und nebenbei treutürkisch eine Großfamilie zu gründen – und diese auch noch durchzubringen!

Wenn mein Vater sich für das Thema »Nachwuchs« interessieren sollte, so behält er es für sich. Auch meine Mutter erkundigt sich inzwischen nicht mehr ganz so häufig danach wie früher, sie erwähnt es höchstens zwei- oder dreimal am Tag, damit die beklagenswerte Tatsache auch ja präsent bleibt. Richtig schlimm ist die Gemütslage allerdings bei meinen Tanten und älteren Cousinen in der Türkei.

»Das ist doch nicht normal. Seid ihr so unsozial veranlagt und mögt keine Kinder? Oder tut ihr es einfach nicht mehr?« Diese indiskreten und infamen Fragen musste ich mir bisher noch jedes Mal im Türkeiurlaub anhören. Letztes Jahr erlaubte ich mir daraufhin den Spaß, das traurigste Gesicht Anatoliens aufzusetzen, tieftürkisch *(of, of)* zu seufzen und sie alle zu fragen: »Was, wenn ich gar keine Kinder bekommen kann?«

Die eine Hälfte bekam vor Scham und Mitleid Tränen in die Augen, die andere Hälfte war starr vor Schreck. Als ich dann erklärte, dass alles in Ordnung sei mit meinem Geburtszubehör, wir jedoch lieber einen Hund haben wollten (hallo, das ist ein Spaß!), musste ich um mein Leben laufen.

Damit treibe man keine Späße, riefen sie, Allah solle mich strafen für solche Unflätigkeiten – und warfen mit Kissen und Käsecrackern nach mir. Seitdem grübeln sie, ob sie sich Sorgen um meine

Fruchtbarkeit machen sollen oder doch eher um meinen Geisteszustand. Wie angenehm kinderlos sind da meine beiden Cousinen Betül und Tülin und meine Cousins Burak und Levent, die wie wir in Duisburg wohnen (in der Türkei habe ich noch ungefähr einhundertvierundzwanzig weitere, von denen sich manche allerdings bereits vermehrt haben, und zwar gleich mehrmals). Ihre Eltern drängen sie auch nicht gerade dazu. Wie auch, die vier sind noch nicht verheiratet – und der türkische Klapperstorch darf nur an offiziell anerkannte Ehegemeinschaften ausliefern. Andernfalls würde ihr Vater, mein Onkel Yusuf, dem blöden Vogel in null Komma nichts den Kopf abreißen, und das nicht nur im übertragenen Sinn, denn als junger Mann in der Türkei war er ein ganz passabler Ringer. Heute ist er eher ein mittelschwerer Choleriker. Eine gefährliche Mischung.

Onkel Yusuf ist übrigens mein *Dayı*. Das ist die türkische Bezeichnung für den Onkel mütterlicherseits. Damit wissen Sie also, dass er der Bruder meiner Mutter ist. Der Onkel väterlicherseits würde *Amca* heißen, aber so was habe ich leider nicht zu bieten. Und aus den vorangegangenen Informationen können Sie auch schließen, dass mein *Dayı* eine Frau hat (sonst hätte der türkische Klapperstorch doch nicht …), Tante Fatma

13

nämlich. Beide sind ziemlich rabiat. Jeder auf seine Weise. Das werden Sie auch noch merken.

Ganz aktuell steht bei uns ein logistisches Groß-projekt ins Haus: Wir wollen ein ambitioniertes deutsch-türkisches Weihnachtsfest feiern, bei Stefan und mir zu Hause. Alle sind eingeladen, meine Schwestern, unsere Eltern, meine Schwä-gerin mit Freund und Tochter, mein Onkel und seine Familie.

Wie wir das hinbekommen und noch einiges mehr über unser deutsches Leben alla turca, er-fahren Sie auf den folgenden Seiten.

1
Dreißig werden ist sehr schwer, dreißig sein genauso sehr

Ich bin ein biologisches Wunder. In meinem Kopf wohnt nämlich nicht nur ein Gehirn, sondern vorübergehend auch eine vierzehnköpfige Blaskapelle. Trompete, Posaune, Klarinette, Tenorhorn, die Jungs haben alles dabei, worauf man laut herumhupen kann – und sie tun es auch. Mein Schädel dröhnt wie verrückt.

Das liegt wahrscheinlich daran, dass ich in meiner türkisch geprägten Kindheit und Jugend nur wenig mit deutscher Blasmusik zu tun hatte und nicht daran gewöhnt bin. Sehr viel wahrscheinlicher liegt es aber daran, dass es ein bisschen spät geworden ist gestern. Oder doch eher früh? Ich war um kurz vor fünf im Bett, da schnarchte Stefan schon seit einer halbe Stunde friedlich. Ich musste noch helfen, das Nachtlager für meine Schwestern Sıla und Gözde herzurichten – in ihrem hochprozentigen Zustand durfte ich als Älteste sie einfach nirgendwo mehr hingehen lassen. Sıla nicht in ihre Wohnung, in der sie alleine lebt, und Gözde erst recht nicht zu meinen Eltern, wo sie mit ihren zwanzig unverheirateten türkischen Jahren selbstverständlich noch immer wohnt. Immerhin hatten wir angekündigt, dass sie eventuell bei uns übernachten würde, auch wenn wir nicht geahnt hatten, wie dringend das nötig sein würde.

Ich schäle mich vorsichtig aus dem Bett, es ist 8.47 Uhr, da will ich Stefan noch nicht wecken. Und auch nicht meine Schwestern im Wohnzimmer, sie schlafen selig auf den Sofas – mitten in einem Schlachtfeld!

Allah im Himmel, hier sieht es ja aus wie nach einem Überfall von berittenen Tatarenhorden!

Überall stehen und liegen Flaschen und Gläser herum, Teller mit angepappten Nudeln und vertrocknetem Salat von gestern, und das obwohl wir uns hier nur aufgewärmt haben und den größten Teil des Abends unterwegs waren. Unter meinen nackten Füßen knirschen Chips und ob draußen Tag oder Nacht ist, kann ich durch die dreckigen Fenster kaum noch erkennen. Das ist allerdings schon länger so, denn meine kasachische Putzfee Mascha war zuerst drei Wochen im Heimaturlaub und jetzt ist sie schon seit gut zwei Wochen vergrippt.

In dieser Schmuddelei wollen wir heute Abend also unser großes deutsch-türkisches Weihnachten feiern?

Sonst machen wir das immer im kleinen Kreis: Stefan und ich fahren zu seinen Eltern, wo wir gemeinsam mit seiner Schwester und ihrem Freund seine Nichte schwindelig beschenken – es geht ohnehin hauptsächlich um die Kleine.

Doch diesmal soll es eine Familienfeier orientalischen Ausmaßes werden – auch wenn es um ein mehr oder weniger christliches Fest geht. Die gemeinsamen Gelage an Ramadan haben allen so gut gefallen – vor allen denen, die vorher nicht gefastet und trotzdem den ganzen Tag am Herd gestanden haben –, dass sich viele gewünscht haben: Weihnachten wollen wir alle zusammen sein!

Eine charmante Idee, aber wo ich hier gerade in den Resten unseres Wohnzimmers stehe, mache ich mir allmählich doch Sorgen. Vor allem wegen meiner Mutter, die jede noch so kleine

17

Wollmaus durch geschlossene Türen orten kann. Die merkt sofort, wenn ich das alles im Arbeitszimmer verschwinden lasse und die Tür hinter den ungespülten Schüsseln einfach abschließe.

O Allah, ich finde, das ist Grund genug, in Ohnmacht zu fallen! Das schaffen wir im Leben nicht, alles aufzuräumen und das Essen vorzubereiten. Ich alleine sowieso nicht, die drei Schnarchnasen müssen kräftig mit anpacken.

Obwohl Stefan sich bestimmt zieren wird. »Ich hab's dir doch gesagt«, bekomme ich sicher gleich zu hören. »Das war keine gute Idee. Deinen dreißigsten Geburtstag feiern und direkt am nächsten Tag zum ersten Mal Weihnachten bei uns – das muss in die Hose gehen!«

Ja, ja, er hatte mich davor gewarnt, unsere Wohnung – und uns selbst – ausgerechnet am 23. Dezember in Grund und Boden zu feiern. Aber ich kann nun mal nichts dafür, dass ich an diesem Tag geboren wurde, tut mir leid, dass meine Mutter seinerzeit einen zukünftigen deutschen Ehemann nicht einkalkuliert hatte. Natürlich habe ich meine Argumente für die Party mit meinem Basar-Charme deutlich opulenter vorgetragen. Nach einem zähen halbstündigen Disput war Stefan so mürbe, dass er nur zugestimmt hat, damit mein knatterndes Mundwerk endlich stillsteht.

Es hat sich wirklich gelohnt. Wir haben gestern so gründlich gefeiert, dass ich heute nicht nur ein, sondern gleich drei bis vier Jahre älter geworden bin.

Ich weiß auch genau, wer schuld daran ist: meine Schwester Sıla. Sie besteht aus ganzen 1,65 Metern purer Energie – wenn sie nicht wie jetzt gerade mit halb offenem Mund schläft.

Um kurz vor acht gestern Abend standen neben den Schalen und Schüsseln, in denen vorher Knabberkram gewesen war, ein deutlich ausgedünnter Kasten Bier, drei fast leere Flaschen Prosecco, fünf ganz und gar leere Flaschen Rotwein und fünfzehn ziemlich volle Personen bei uns im Wohnzimmer. Ich zähle mich nicht dazu, denn als Gastgeberin hatte ich schon nach einem halben Glas Wein eine Pause eingelegt.

Meine Schwestern waren da, meine engsten Freundinnen Arzu und Elmas, Murat, Robert und Katja, Frauke natürlich, unser Partymonster, und einige andere.

»Und jetzt, was machen wir jetzt, Sıla? Du hast doch gesagt, ihr Mädels denkt euch was aus?«, fragte ich zu vorgerückter Stunde.

»Erst Sultan, dann Karizma, nicht wahr?«, meinte Sıla in die Runde – wenn auch ohne jede Chance auf Widerspruch. Das war nämlich keine Frage, sondern vielmehr eine Feststellung. Denn für Sıla war klar, dass wir zuerst im Restaurant Sultan gepflegt türkisch essen (sie hatte bereits reserviert) und danach wie wild türkisch tanzen gehen würden, und zwar in der neuen Disko Karizma.

So richtig hatten sich die Damen vom binationalen Organisationskomitee allerdings nicht abgesprochen. Vielleicht lag es auch daran, dass wir selten in diesem Kulturmix ausgehen. Die Geschmäcker sind dann doch recht verschieden: Die einen mögen eher orientalisches Hüftwackeln, die anderen stehen auf teutonisches Technogestampfe.

Auf jeden Fall verwandelte sich der Gesichtsausdruck meiner Freundin Frauke in ein großes Fragezeichen. »Türkendisko?«

Hochgezogene Augenbrauen. Bei allen. Allerdings aus unterschiedlichen Gründen.

»Na klar!« Sıla fauchte. »Oder dachtest du, wir setzen auch nur einen Fuß in einen von diesen germanischen Ballermannschuppen?«

Dreißig noch höher gezogene Augenbrauen.

Oh, oh. So etwas durfte das deutsche Superweib Frauke nicht auf sich sitzen lassen. Sie schüttelte kurz ihre schulterlangen blonden Haare, richtete ihre 1,76 Meter direkt vor Sıla auf und drückte ihr Schwimmerkreuz durch, das einem Mann alle Ehre machen würde.

»Ich dachte, wir wollen richtig Spaß haben? Mit auf dem Tresen tanzen und so. Außerdem ist heute Caipi-Nacht im Brauhaus. Wenn wir in einen Türkenladen gehen, wird das wieder nichts. Da kommt ihr doch immer mit: ›*Ach nee, lieber keinen Alkohol hier, Bekannte könnten uns sehen. O nein, lieber nicht so wild tanzen, da sind vielleicht Leute, die unsere Familie kennen.*‹ So wird das ja nicht mal ein Kindergeburtstag!«

Laut intonierte Empörung auf türkischer Seite, ich gebe zu, meine kleine Schwester Gözde wurde sogar handgreiflich und kniff Frauke in den Arm. Doch die hatte nicht Unrecht, Katja und Robert stimmten ihr heftig nickend zu. Aber für Sıla war das eine klare Kampfansage. Von der DFF an die TFF. Die Deutsche Feierfraktion gegen die Türkische Feierfraktion.

»Ha, du glaubst, ihr Deutschen versteht mehr vom Feiern als wir?«, konterte sie und schon nahm das Verhängnis seinen Lauf. »Und denkst du vielleicht auch, wir vertragen nichts, he? Jetzt zeigen wir euch erst mal, wie das wirklich funktioniert. *Hadi bakalim,* los geht's.«

Es muss der Einfluss des bevorstehenden Weihnachtsfestes gewesen sein: Der Harmonie willen folgten wir ihr wie die Schafe.

Die erste Station unserer Reise durch die Partykulturen war das bereits erwähnte, höchst niveauvolle Restaurant Sultan. Nun ja, bis zu unserem Besuch war es das mit Sicherheit.

Im Sultan speist man sehr vornehm bei leiser Klaviermusik, das Licht ist gedämpft, ebenso wie der Geräuschpegel.

Die Tische sind ausgeklügelt angeordnet, so nah, dass ein Blick auf das exquisite Lammkotelett am Tisch nebenan möglich ist, aber weit genug auseinander, dass man nicht dem Gespräch der Nachbarn lauschen kann. Normalerweise.

Wenn nicht das lebende Megaphon Frauke in diese Stille einbricht. »He, was 'n das für 'n Gedudel? Also die Musik muss sich aber sofort ändern. Mach mal ›Simarik‹ von Tarkan, das wollen wir hören!«, skandierte sie schon, als der freundlich lächelnde Kellner uns gerade die Jacken abnahm. Mit Engelsgeduld rückte er dann drei große Tische zusammen und stellte eine ganze Batterie Vorspeisen vor uns hin: von pürierten Auberginen mit Knoblauch bis zu Zucchinipuffern mit Joghurtsauce.

Der Türke an sich betrinkt sich nämlich gepflegt und braucht dazu die Köstlichkeiten des Orients. Gefüllte Weinblätter und gebackener Schafskäse bilden eine solide und sehr schmackhafte Grundlage für den Raki, unseren türkischen Nationalschnaps mit Anisaroma und knapp fünfundvierzig Umdrehungen.

Wir haben ihn – nicht nur aus Rücksicht auf die deutschen Mitbürger unter uns – mit Wasser gemischt genossen. Raki ist nämlich ein ganz schön fieses Zeug, finde ich, denn beim Trinken ist man hauptsächlich mit den Anisdüften beschäftigt, die einem permanent in die Nase steigen und von dort ins Gehirn wandern. Die meisten von uns haben jedenfalls erst spät, zu spät, gemerkt, dass mit den Düften auch die Bereitschaft gestiegen war, lauthals zu singen oder unbedingt tanzen zu wollen. Gegen das mehrmalige und zugegeben sehr schlechte Anstimmen von Mustafa Sandals »Isyankar« konnte die Geschäftsführung nichts ausrichten – da wir die Rap-Einlagen von Gentleman wegließen, hatte ich auch nichts dagegen einzuwenden –, doch das Tanzen haben Gözde, Stefan und ich mit vereinten Kräften gerade verhindert.

»Das geht echt nicht. Hier sind noch andere Gäste«, pfiffen wir Murat und Katja zurück, denn wir drei hielten uns einigermaßen bedeckt. Zum Ausgleich wurde gleich noch lauter gesungen, ein anatolisches Volkslied, das nur Elmas und Arzu kannten, während die anderen völlig falsch, dafür aber mit großer Inbrunst mitsummten und zum Schluss das kulturübergreifend großartige »Time of my life« aus *Dirty Dancing* zum Besten gaben.

»Ach, ihr könnt ja doch ganz gut feiern. Ich fühle mich schon total türkisch!«, rief irgendwann Robert spöttisch in die Unterhaltungen am Tisch. Dabei konnte er sich höchstens ziemlich betrunken fühlen. Ich muss sagen, ich war schwer überrascht, denn Robert ist Pole und von dem hatte ich doch etwas mehr alkoholische Standfestigkeit erwartet. »Ich trinke ja auch nicht wie ein Mädchen«, erklärte er mir lautstark, als ich den Kopf schüttelte. Zum Beweis hob er die leere Flasche vor sich an. Später, nach unserem Besuch im Brauhaus, auf dem die DFF bestanden hatte – anstelle der türkischen Disko und als kulturausgleichende Gerechtigkeit sozusagen –, habe ich mir sagen lassen, dass der inzwischen recht säuerlich dreinblickende Kellner die Rakiflaschen mehrmals durch neue ersetzen musste.

Ich habe nicht alle Einzelheiten mitbekommen. Mein Kopf lag nämlich immer wieder mal auf der Tischdecke. Als wohlerzogene Türkin trinke ich tatsächlich nur selten und vertrage entsprechend wenig – ein paar schwache Momente hatte ich gestern Abend daher schon. Ich kann zum Beispiel nicht mehr genau sagen, ab wann unsere intime Geburtstagsrunde krakenartig das halbe Lokal in Beschlag genommen, sich weitere Tische einverleibt und angefangen hat, von fremden Tellern zu essen.

Frauke allerdings hatte mehr als Essen im Sinn, als sie sich an einen besonders lecker gedeckten Tisch setzte.

»Hallo, ihr Süßen, Brüderschaft trinken ist doch total türkisch, oder?«

Zwar neigen wir Türken sehr wohl zu größeren Familien und vielen Geschwistern, aber auf echte Brüderschaft war Frauke meiner Meinung nach nicht aus, als sie den drei jungen Türken, über deren lachsfarbene Krawatten und gegelte Haare wir schon ausführlich getuschelt hatten, ihren Vorschlag auf Familienzusammenführung unterbreitete. Die Zunge des verschmitzt grinsenden Typen mit den dunklen Knopfaugen soll übrigens besonders brüderlich geschmeckt haben. Als die Blicke der anderen Gäste immer entsetzter wurden und das pikierte Hüsteln unseres Kellners immer lauter, beschlossen wir, dass es Zeit war, weiter zu ziehen. Wir werden uns wohl ein neues türkisches Lieblingslokal suchen müssen. Im Sultan können wir uns jedenfalls nicht mehr blicken lassen.

»Hach, endlich ein Laden, in dem die Leute wirklich locker sind«, freute sich Frauke lautstark, als wir angeschickert ins Brauhaus hineinstolperten.

Es war ein mittlerer Kulturschock für die TFF. Ein Schuppen namens Oberbayern – mitten im

Ruhrpott. Kilometerlange, grob gezimmerte Holzbänke, Hintern an Hintern mit wildfremden Menschen, säuerliches Bier, von dem ich persönlich schon aufstoßen muss, wenn ich nur daran denke. Die urige Stimmung erfasste unsere Truppe schnell. Dazu ein nicht enden wollender Reigen deutscher Schunkellieder, die bei Türken eigentlich zu sofortiger kollektiver Taubheit führen müssten – da blieb uns doch nichts anderes übrig, als uns zu betrinken!

»Einen Caipi für das Geburtstagskind, auf den tollen Abend!«, brüllte Frauke mit ihrem Megaphonmund und schon stand der Cocktail vor mir.

Aber sicher.

Kaum hatte ich ihn geleert, hieß es: »Und jetzt ein Bierchen, weil's so gut schmeckt.«

Immer doch.

Nach diversen alkoholischen Kaltgetränken: keine Spur mehr bei mir von Zurückhaltung, von Selbstbeherrschung und tadellosem Verhalten in der Öffentlichkeit – meine gute türkische Erziehung war wie weggespült. Sıla hatte ihre bereits im Sultan verloren und ob Arzu oder Elmas je eine besessen haben, ich weiß es nicht. Meine kleine Schwester Gözde hatte auch ordentlich Schlagseite.

Aber wir waren ja in bester Gesellschaft, meine deutschen Freunde hatten gerade gemeinsam mit meinem Mann zu einem mehrstimmigen Lied angehoben: »Die Karawane zieht weiter.« Ha, das konnten wir auch. Völlig enthemmt leisteten wir mit stolz geschwellter Brust unseren türkischen Beitrag zur deutschen Wirtshauskultur: Die TFF debütierte im Chor spontan mit der türkischen Version des durstigen Sultans, *»Of of, kervan yoluna devam eder, sultan susamış«.*

Doch den eigentlichen Höhepunkt dieser Nacht haben wir alle verpasst. Alle außer Frauke, denn sie hatte ihn produziert. Ihr nicht zu überbietender Beitrag: eine sportliche Einlage, die ziemlich unsportlich endete – Frauke ist beim Tanzen vom Tresen gefallen, nicht ohne dabei den ein oder anderen Gast unter sich zu begraben …

Aber naja, ganz so schlimm kann es nicht gewesen sein, schließlich hat uns niemand aufgehalten, als wir nach halb drei Uhr das Brauhaus verließen und mit zwei Großraumtaxen zu uns nach Hause fuhren.

Meine Motivation für diesen Abend war selbstverständlich rein kultureller Natur gewesen. Ich war gespannt auf den Ausgang dieses äußerst pragmatischen Vergleiches der Partykulturen.

Mein Fazit: Deutsche und Türken feiern in sehr unterschiedlichen Etablissements mit sehr unterschiedlicher Musik, aber Bier und Caipi machen genauso viel Kopfweh wie Raki. Prost!

Ach ja, noch was: Das war definitiv kein Kindergeburtstag.

Ja, und nun stehe ich hier im Wohnzimmer und pule Chipskrümel von meinen Fußsohlen. Außerdem drückt mir mein wummerndes Gehirn gleich die Augen aus dem Kopf. Ich muss kurz verschnaufen und lege mich wieder ins Bett.

Stefan dreht sich neben mir um, seine Nase steckt jetzt in meinem Auge. Er sagt etwas, es hört sich an wie »*Günaydın aşkım* – guten Morgen, mein Schatz.« Der Arme kriegt die Zähne nicht richtig auseinander.

»Dir auch, mein Herz. Hast du gut geschlafen?« Ich habe ihn wohl zu sehr angehaucht, denn er verzieht das Gesicht und dreht sich weg. Ich glaube, er mag keinen Raki. Und ich hatte gestern eine Menge davon.

Oh, jetzt kriege ich doch einen Kuss. »War ein schöner Geburtstag, oder, mein Herz?«, flüstert Stefan und ich umarme ihn erleichtert. Er liebt mich noch immer, obwohl ich rieche wie eine Spelunke auf zwei Beinen.

Rrrrring! Das Telefon. Das kann nur meine Mutter sein, so früh an diesem Tag. Ich fürchte, sie hat einiges mehr zu sagen als »Guten Morgen« und »Fröhliche Weihnachten«. Sie wird wissen wollen, wie weit wir mit den Vorbereitungen sind.

Als Stefan und ich vor einigen Wochen verkündet haben, dass wir dieses Jahr das Weihnachtsfest für die Familie ausrichten würden, da hat meine Mutter so sehr lachen müssen, dass ich dachte, ihr reißt gleich die Milz. »Eine Tag nachdem du drreißig wirrst? *Insallah.*« Das war alles, was sie dazu sagen konnte. Gleich darauf hat sie allerdings versprochen, dass sie und mein Vater uns bei den Vorbereitungen helfen würden. Sicher hatte sie schon alle Einzelheiten geahnt, die sich jetzt sehr plastisch in unserem Haushalt darstellten.

Rrrrrring! In meinem dröhnenden Kopf ertönt ihre mahnende Stimme, ohne dass ich rangehen muss: »*Utan, utan.* Schäm dich! Eine anständige türrkische Mädchen muss immer vorrbereitet sein fürr Gäste.«

Das heißt im Klartext: sauberes Klo, blitzende Fenster, die knusprigen Börek mit Schafskäse immer auftaubereit in der Tiefkühltruhe. So hat meine Mutter mich erzogen.

Irgendwas muss schief gegangen sein.

Sauber ist nur die Tiefkühltruhe, weil nichts drin ist, und knusprig ist das Klo, weil … Aber das ist jetzt auch egal. Dass meine Putzfee krank ist, wird meine Mutter, die Superhausfrau, sicher nicht beeindrucken.

Und wenn sie erst von gestern wüsste. Unser Benehmen entsprach leider so gar nicht der wichtigsten Lektion aus dem Handbuch für anständige türkische Töchter, das meine Mutter so gerne zitiert: Wahre in der Öffentlichkeit stets Anstand. Sofort fällt mir wieder die Standardpredigt ein, die Sıla und ich früher jeden Morgen zu hören bekamen, bevor wir das Haus verließen, um zur Schule zu gehen. Meine Mutter war schon morgens um Viertel nach sieben aufgeregt um unseren Ruf bemüht.

»Niks laut lachen in die Strasebahn, niks haha, hihi, auch niks laut Kaugummi kauen, *cakkidi, cakkidi,* und kwatscht nicht mit Jungs, die Leute kennen eurren Vater.«

Rrrrrrrring! Ich gehe nur zögernd ran.

»*Efendim*?«

Nicht dass Sie meinen, das sei mein Nachname. Nein, nein. *Efendim* ist so etwas wie ein türkisches »Hallo? Ja bitte?«, wenn auch unvergleichlich variantenreicher. Je nachdem, wie die allgemeine Stimmlage ist und wie sehr der Einzelne sich dabei verbeugt, kann *Efendim* »Jawohl«, »Hier bin ich« oder »Zu Diensten« heißen. Sollte meine Frau Mutter am Telefon sein, möchte ich mich nach einer demütigen Mischung aus allen dreien anhören.

»Hallo? Ich bin's. Mascha. Herzlichen Glückwunsch nachträglich.«

Puh, Glück gehabt. Meine Putzfee.

»Mascha, danke. Wie geht es dir?«, frage ich sie – natürlich mit Hintergedanken.

»Och, besser«, sagt Mascha. Sie hört sich tatsächlich völlig gesund an, finde ich.

Sofort mache ich von meinem orientalischen Verhandlungsgeschick Gebrauch und kann Mascha (die Kasachen müssen da zum Glück noch ein bisschen üben) überreden, sich noch heute mit ihrer Tochter zusammen um meinen desolaten Haushalt zu kümmern, vor allem um die Fenster!

Ja, ja, Allah liebt mich. Ich weiß nicht, warum, doch er tut es. Jetzt muss ich bloß schnell meine Mutter anrufen und mit ihr absprechen, ob noch irgendwas eingekauft werden muss und wer was macht. Doch dazu sollte ich deutlich wacher sein. Also zuerst duschen. Aber vorher werde ich dieses verkommene Pack hier wecken, damit es endlich ans Arbeiten geht.

»*Ey, uyku tulumlari*! Ihr Schlafmützen, aaaaaaaa-auuuuuuuuuuuuufsteeeeeeeeheeeeeeeen!«

2
Was wäre ich ohne meine Anne *und meinen* Baba*?*

Er hat gesagt, er wolle duschen, aber nach all dem Dampf zu urteilen, der aus dem Badezimmer wabert, richtet Stefan dort gerade einen Hamam ein, Gözde blockiert derweil die Toilette, und Sıla sitzt völlig apathisch auf dem Sofa im Wohnzimmer und sieht gar nicht aus, als könnte sie heute noch unter Menschen gelassen werden.

»Ich schwöre, es geht nicht, *abla*.« Sıla nennt mich nur deshalb »ältere Schwester«, weil es respektvoll erscheint und sie mich damit erweichen will. »Lass mich. Bitte. Ich will schlafen«, bettelt sie.

Aber, nein. Keine Gnade, heute ist Heiligabend!
»Du trinkst jetzt einen Kaffee und dann sieht die
Welt schon ganz anders aus«, ermuntere ich sie.

Kein Widerspruch, kein Protest, ein breites stolzes Grinsen ist die Antwort. Ich stelle Sılas Kaffee auf den Esstisch zum Frühstück, das ich vorbereitet habe, damit sie zumindest dorthin
krabbelt, um ihren Kreislauf wieder in Schwung
zu bringen. Dann greife ich mir das Telefon.

»Hallo *Anne*.« Frisch geduscht flöte ich das türkische Wort für Mama sanft in den Hörer. Ich
möchte sie milde stimmen, denn mit ihren hellseherischen Kräften hat sie wahrscheinlich nicht
nur längst jeden schmutzigen Teller in unserer
Wohnung geortet, sondern auch den Schlaf,
den wir uns hier nach wie vor aus den Augen reiben.

Ich habe noch nicht gefragt, wie es ihr heute
Morgen geht, da ergießt sich auch schon ein
Wortschwall auf mich.

»*Günaydın*! Nach halb zehn ist, drreimal hab ich
schon angerufen, *ya, üç kere,* deine Schwester Sıla
auch, ihre Handy ist aus, faules Stück schläft immer noch bestimmt und bestimmt habt ihr schön
gefeierrt, aber niks vorbereitet, ne?«

»Äh, nicht ganz. Also, noch nicht alles, meine
ich.«

»*Allah belanızı vermesin*«, flucht *Anne,* das heißt

»Gott möge euch nicht bestrafen«, gemeint ist aber das genaue Gegenteil, doch da eine Mutter nun wahrlich nicht ihr eigenes Kind verwünschen sollte, wählen türkische Mütter im Allgemeinen diese schizophrene Variante der Beschimpfung. »*Tam da bugün,* ausgerrechnet an so eine wichtige Tag. Warum müsst ihr alle sein wie eurre Vater? Immer an die letzte Drrücker.«

Oh, oh, *Anne* muss sehr wütend sein, denn ihr fliegen gerade wieder ihre gesamten Deutschkenntnisse um die Ohren. Ich weiß, dass sie Angst davor hat, ich könnte die Familienehre besudeln, indem ich Weihnachten zerstöre. Ich sollte also besser umgehend in den Modus »Gehorsame Tochter« wechseln.

»Aber *Anne.* Ich habe ja gar nichts vor mir hergeschoben. Ich habe mir nur ein klitzekleines bisschen zu viel vorgenommen«, versuche ich ihr Mitleid zu wecken. Mutter, ich brauch dich jetzt, soll das heißen. Doch sie kennt keine Gnade.

»Du bist dreißig Jahre alt. Du musst Orrdnung in deine Leben bringen.«

Das ist *Anne*-Code und heißt dechiffriert so viel wie: Treib dich gefälligst nicht herum wie ein Luder, und denk nicht immer nur an dein Vergnügen, sondern bekomm endlich ein Kind. Es wird Zeit, du bist schließlich lange genug verheiratet!

Was kann eine gehorsame Tochter darauf antworten?

»Ja, Mama. Gleich nach unserem Gespräch bringe ich Ordnung in mein Leben und zeuge auf der Stelle ein Kind, versprochen.«

»Meine Gott!«, regt sich *Anne* in Sekundenschnelle auf – und zum Glück im selben Tempo wieder ab. »Was jetzt? Wer macht was?«

»Also, Gözde ist schon unter der Dusche, nach dem Frühstück geht sie los und besorgt Obst und Fladenbrot. Später soll sie mir helfen, den Baum zu schmücken. Sıla hat auch hier geschlafen, ja, sie muss erst ihr Gesicht restaurieren und wenn sie heute noch damit fertig wird, soll sie hier Nudelsalat machen, die Zutaten habe ich alle da. Mascha kommt gleich putzen, Stefan muss vorher alles aufräumen, dann besorgt er noch ein Geschenk für seinen Vater und Mineralwasser, andere Getränke haben wir noch von gestern und er hat versprochen, Mousse au chocolat zu zaubern.«

»Und du? Wolltest du doch gefüllte Pute machen?«

Ich weiß, ich muss wahnsinnig gewesen sein, als ich das angekündigt habe, aber Frau Tausendschlau in mir hat wohl gedacht: Ach was, das bisschen Haushalt … Außerdem wollte ich, dass es besonders schön, am besten perfekt wird, schließlich habe ich als Türkin ein sehr christlich-deutsches Fest beschlagnahmt und ich will keinen internationalen Zwischenfall in meiner Familie auslösen.

»Steht alles bereit, die Füllung ist schon seit gestern fertig, ich muss sie der Pute nur noch in den Hintern stopfen und sie heute Nachmittag in den Ofen schieben.«

»Gut. Bist du in swanzig Minuten bei uns. Kannst du hier frrühstücken, Rest mache wir zusammen ferrtig.«

Im Hintergrund höre ich ein Knistern, Kramen und Brummen, das ist eindeutig *Baba,* mein Vater, bei der Arbeit.

Ja, Allah ist groß. Und das Herz meiner Mutter auch.

Wie auf Wolken schwebe ich zu meinem Auto und während der Fahrt habe ich das merkwürdige Gefühl, der Wagen würde auf Schienen vor sich hin gleiten. Die Müdigkeit dämpft meine Wahrnehmung, nur für meine Augen gilt das wohl nicht. Ich muss die Sonnenblende herunterklappen, weil mir der Himmel über Duisburg furchtbar hell erscheint heute. Ich brause mit hundert Sachen – die vorgegebenen achtzig Stundenkilometer plus meine übliche kalkulierte Geschwindigkeitsübertretung von zwanzig km/h – auf der Stadtautobahn in Richtung Norden.

Der Weg führt mitten hinein in das Herz meiner Kindheit und Jugend – nach Marxloh.

Dazu muss ich zuerst vorbei an Duisburg-Meiderich, wo meine Eltern 1972 ihre erste gemeinsame Wohnung in Deutschland hatten, zusammen mit zwei weiteren türkischen Paaren.

Meine Eltern in einer WG.

Mama schüttelt heute noch ungläubig den Kopf, wenn sie davon erzählt, so als könne sie nicht glauben, dass sie tatsächlich Tisch und Toilette mit völlig fremden Menschen geteilt hat.

Aber andere schütteln auch den Kopf, wenn sie hören, dass meine Mutter vor meinem Vater nach Deutschland gereist ist, ganz alleine.

Denn als ihre Arbeitserlaubnis schneller als die von Papa kam, ist sie einfach schon mal vorgefahren. Schließlich wartete das Glück in *Almanya* nicht.

»Warrum denn nicht?«, fragt sie immer ganz forsch, die rechte Augenbraue streng nach oben gezogen, wenn ihr wieder mal jemand nicht glauben mag. »Sollte ich Angst haben oder was vor die Deutsche? Die hatten Angst vor mir.«

Mama gibt sich ganz gerne burschikos, wenn sie andere davon überzeugen will, dass sie völlig selbständig ist, aber dass irgendwer Angst vor ihr

gehabt hätte, das ist nun wirklich ein Ablenkungs-
manöver. Es ist nämlich ein mehr als schlecht ge-
hütetes Familiengeheimnis, dass Mama, während
mein Vater schmachtend in Eskişehir in Nord-
westanatolien ausharrte, drei Liebesbriefe von
einem gewissen Bernd bekommen hat, der am
Band bei Philips in Krefeld ein paar Meter weiter
ebenfalls kleine elektronische Teile in drei viertel
fertige Fernseher eingebaut hat.

Wenn wir *Anne* Glauben schenken, dann war
das alles halb so wild, ein verliebter junger Mann,
der mit ihr flirten wollte. Aber ganz so harmlos
kann die Geschichte nicht gewesen sein, denn als
wir das letzte Mal einige Bemerkungen darüber
verloren haben, hat Mama mit einer Glasschale
nach uns geworfen, die geformt war wie ein
Kleeblatt. Die Pistazien sind im ganzen Wohnzimmer herumgeflogen und die Glasschale auch,
in lauter Einzelteilen. Der Name Bernd wird seitdem nur noch stumm mit den Lippen geformt –
hinter *Annes* Rücken versteht sich.

Nach meiner Geburt zogen wir weiter in den
Norden der Stadt, nach Marxloh. Hier bin ich
aufs Gymnasium gegangen, habe im Eiscafé
Feletti meine erste Waffel mit heißen Kirschen
gegessen und auf der Weselerstraße an meiner
ersten Demonstration gegen Rechts teilgenom-

men. Und neben all diesem Stress habe ich noch zwei Schwestern bekommen, Sıla und Gözde.

Ich kehre immer wieder gerne hierher zurück, kaufe Rinderfilets beim besten türkischen Metzger der Stadt und geröstete Sonnenblumenkerne bei Emin Kuruyemişçi. Manchmal nehme ich mir auch die Zeit, setze mich in eine der roten Polsterecken im Eiscafé Feletti und fühle mich dann ein wenig wie mit sechzehn oder siebzehn. Mit dem nicht zu verachtenden Unterschied, dass ich heute beim Essen daran denke, welche Auswirkungen die Waffel mit Sahne wohl auf meine ausladend geformte anatolische Hüfte hat. Ich nehme mir fest vor, mir nach diesem Geburtstags-Weihnachts-Jahresende-Stress eine dieser kleinen Zeitreisen zu gönnen.

Doch jetzt gibt es Wichtigeres zu tun.

Ausfahrt Marxloh, links, rechts, geradeaus und dann parke ich verbotenerweise auf dem Gemeinschaftsparkplatz für die Mieter. Egal! Erstens habe ich heute Geburtstag und zweitens keine Zeit zu verlieren. Außerdem wohnen meine Eltern hier und ich habe schließlich auch ein paar Jahre meines Lebens auf diesem Grundstück zugebracht.

»Hallo, da bin ich.«

Patsch.

Uff. Ich bin immer wieder überrascht, wie weh das tun kann. *Anne* hat mir mit der flachen Hand und richtig Schmackes auf die Stirn geschlagen – das ist die liebevolle Standardbegrüßung, die in ihrer Familie üblich ist. Eine extrem gewalttätige Sippschaft übrigens. Mein Verstand ist jetzt jedenfalls ordentlich in Bewegung gekommen.

»Hoşgeldin hanımefendi – herrslich willkommen, meine Dame«, begrüßt mich meine Mutter.

Erwartungsvoll stehen die beiden vor mir, Mama in Jogginghose, Papa in Jeans, und halten ihre Einkäufe in Schach. Auf dem Küchentisch und der Arbeitsplatte liegen diverse Tüten mit Reis und Nudeln, Dosentomaten, Petersilie und Blätterteig. Natürlich haben meine Eltern in ihrer unendlichen Weisheit – und leidvollen Erfahrung – längst eingekauft, die Zutaten sortiert, gewaschen und geschält. Jetzt warten sie mit dem Messer in der Hand auf mich. Nein, nicht um mich abzustechen, sondern damit es endlich losgehen kann.

Meine Mutter ist schlank und 1,54 Meter groß – na ja, groß. Und obwohl ich sie um mehr als zehn Zentimeter überrage, fühle ich mich heute trotzdem eher winzig neben ihr. Sie verengt ihre dunkelbraunen Augen zu gefährlichen Schlitzen, kommt mir so nahe, dass sie mich beinahe mit ihrer kleinen Falkennase berührt, und grinst mich frech an unter ihrem schwarzen Fransenpony.

»Aha, hat also wehgetan, drreißigste Geburtstag, was, *kızım*? Und Hals besonders schlimm. Darum hast du eine Hustesaft getrunken, mit Alkohol drin.«

Anne kichert überlegen und *Baba,* mein Vater, der in jüngeren Jahren selbst kein Kind von Traurigkeit war, lacht, als hätte er den besten Witz der Woche gehört. Hach, sind die wieder gut drauf.

»Ich hab gar nicht so viel getrunken. Außerdem sehe ich so aus, weil ich zu wenig geschlafen habe. Gib mir lieber einen Tee, statt dich über mich lustig zu machen«, maule ich und lasse mich erschöpft auf den Küchenstuhl fallen.

Eltern können ja so grausam sein. Meine ganz besonders. Ich kann sie wirklich gut leiden, im Prinzip. Nur manchmal wünschte ich mir eine Art außergewöhnliche Kulanz bei Allah – und dazu ein Umtauschrecht. Während andere türkische Mütter und Väter nämlich ihre Kinder über den grünen Klee loben und ihnen den Hintern nachtragen, fällt meinem Vater nichts Besseres ein, als über meinen opulenten Hintern herzuziehen. Und meine Mutter ist zu ihrer grenzenlosen Freude auch nie um eine kleine Gemeinheit verlegen, mit der sie mich aufmuntern kann.

»Du siehst ja scheise aus.«

»Super, *Anne*! Schlau daherreden, aber nicht mal scheiße richtig aussprechen können.«

Patsch, habe ich mir schon wieder eine gefangen. Für meinen Geschmack könnten wir das Begrüßungsritual jetzt langsam mal beenden und endlich mit der Arbeit anfangen.

Lange Jahre hatten wir unsere Ruhe an Weihnachten. In der islamisch geprägten Türkei feiern wir das nicht – und hier in Deutschland haben wir auch nicht damit angefangen. Und das hatte seine Vorteile: keine überteuerten Geschenke, kein Einkaufsstress fürs Festtagsmenü, keine Tannennadeln im Wohnzimmer. Wir haben uns immer das Beste an Weihnachten herausgepickt: ein paar ruhige arbeitsfreie Tage, Lebkuchen und gebrannte Mandeln, dazu kitschige Familienfilme im Fernsehen. Großartig!

Das waren Zeiten, als wir noch eine homogen türkische Familie waren. Seit ich Stefan geheiratet habe, sind wir multikulturell – und multigestresst! Die Feiertage haben sich verdoppelt und damit auch die Arbeit und der Stress, denn wir nehmen alles mit, was der deutsche und der türkische Kalender an Feiertagen hergeben. Wenn dann wie dieses Jahr ein nicht ganz unwichtiger Geburtstag den Reigen eröffnet, dann braucht es eigentlich schon ein Festkomitee, um die Vorbereitungen zu koordinieren.

Zum Glück hat mein Vater den Ernst der Lage längst erkannt und widmet sich bereits voller Hingabe einem Berg gebackener Auberginen und Paprika.

»Hallo *Baba*, was machst du denn da?«, erkundige ich mich vorsichtig. Schließlich will ich ihn nicht von der Arbeit abhalten.

Seine Antwort: »Hmmpf, mmhh«, stampf, matsch.

Keine Sorge, er hat seine Zunge nicht verschluckt und sprechen kann er ebenfalls, sowohl Türkisch als auch Deutsch. Allerdings tut mein Herr Vater das nicht immer und schon gar nicht immer gerne. Dafür brummt er umso häufiger.

Er hat noch nie viel geredet. Wenn andere Eltern ihre Kinder zum Essen gerufen haben, hat er einfach das Fenster geöffnet und laut gepfiffen. Darauf angesprochen, war seine pragmatische Begründung, deutsche Hundebesitzer machten das auch nicht anders.

»Geht doch«, pflegte er zum Abschluss kurz angebunden zu sagen.

Mein Vater redet grundsätzlich nur, wenn ihm gerade danach ist, und mit dem Hören verhält es sich ähnlich. Wir vier Frauen der Familie haben uns weitgehend damit abgefunden und dank jahrelanger Übung erkennen wir tatsächlich in den allermeisten Fällen auf Anhieb, was der gute

Mann uns mitteilen möchte. Trotzdem nervt es manchmal schon gewaltig.

»*Baba,* was du da tust, will ich wissen!«

»Hhmm, üfffff.«

»*Gozba.* Tatarische Küche«, erklärt meine Mutter und rollt mit den Augen.

Nach einunddreißig Jahren Ehe kann sie simultan dolmetschen: Ali – Menschheit, Menschheit – Ali.

Solange es gut schmeckt, was er da zusammenrührt, soll mir das recht sein. Außerdem verweigert er ja nicht jede Kommunikation: Er brummt, verzieht die Mundwinkel, hustet nach jahrzehntelangem Rauchen in allen Oktaven und hat es im Fachbereich Zungenschnalzen zu unglaublicher Virtuosität gebracht.

Das ist ein sehr wichtiges Geräusch für uns Türken. Tzi, tzi, tzi. Es ist faszinierend, was man alles ausdrücken kann, wenn man die Zungenspitze direkt hinter den Vorderzähnen an den Gaumen ansaugt und die Spannung dann löst, indem man die Zunge nach unten oder schräg hinten wegzieht. Ist der Mund dabei zu einem Ö geformt, heißt das: tzö – is nich wahr! Ist der Mund kaum geöffnet, bedeutet das: tzi – muss das sein? Als Meister seines Fachs beherrscht mein Vater etwa zwei Dutzend weitere Varianten, was der täglichen Familienkommunikation

45

sehr förderlich ist, weil es unheimlich viel Zeit spart.

Während mein Vater sich der Entwicklung der Schnalzlaute auf diesem Planeten verschrieben hat, konzentriert sich meine Mutter seit Jahr und Tag auf die Weiterentwicklung der Augenbrauenkommunikation. Rechte Braue hochziehen bedeutet: Ist ja höchst interessant, was du da erzählst, ich höre dir genau zu. Linke Braue hochziehen und mit dem Kopf nach links deuten heißt: Ab in die Küche, ich habe dir einiges zu sagen! Sind beide Brauen oben und die Stirn gekräuselt, gilt nur noch eines: Lauf um dein Leben!

Unsere familieneigene Kommunikationsmethode ist äußerst effektiv, für Außenstehende kaum zu entschlüsseln und somit wunderbar geeignet, türkische Bekannte zu beeindrucken: »Ach ja, ich habe tolle Kinder. Sie verstehen mich ohne Worte.«

Was in die eine Richtung nahezu bis zur Perfektion ausgereift ist, funktioniert umgekehrt noch lange nicht. Egal ob mit Worten oder ohne, egal ob türkisch oder deutsch – mein Vater schafft es meisterlich, seine Umwelt und ihre Bedürfnisse zu ignorieren. Entweder es interessiert ihn schlicht und ergreifend nicht, dass jemand anderer Ansicht ist als er, oder er kann es sich einfach nicht vorstellen.

»Hier. Iss.« Sieh an, mein Vater hat tatsächlich gesprochen, denke ich und starre auf das Stück Fladenbrot mit dem selbst angerührten *Çemen*, das er mir vors Gesicht hält. *Çemen* ist eine rotbraune, für manche Mägen durchaus verdauliche Paste aus Tomaten- und Paprikamark, herb gewürzt mit viel Kreuzkümmel, Pfeffer, einigen Pülverchen, deren Namen ich nicht kenne, so viel Knoblauch, wie die jeweilige Schüssel fasst, und winzigen Haselnussstücken. Ungeübten Essern können davon schon mal die Nasenhaare ausfallen, erfahrene Anhänger der türkischen Küche finden hingegen großen Gefallen daran. Obwohl ich zu Letzteren gehöre, vertrage ich das heute beim besten Willen nicht – schon gar nicht auf nüchternen Magen.

»Iiihhh.« Angewidert wende ich mich ab und mein Gesicht spricht Bände – die Botschaft wäre damit klar.

Allerdings noch lange kein Grund für meinen Herrn Vater, das Fladenbrot auch nur einen Zentimeter von meinen Geruchsnerven zurückzunehmen. »*Alsana*. Probier mal.«

»Nein.«

Er ändert seine Taktik und nickt aufmunternd.

»*Baba,* ich hab' noch nichts gegessen. Willst du mich umbringen?«

»Meine Güte, jetzt probier doch.«

Meine Augen fangen an zu tränen. »Nein. Tu endlich das Zeug aus meinem Gesicht.«

»Du hast ja keine Ahnung!«

»*Hayır,* ich habe nur gerade keine Lust darauf!«

»Tzi, tzi, tzi. Früher hast du schon zum Frühstück zwei ganze Zwiebeln verdrückt. Jetzt stellst du dich an wie eine deutsche Mimose. Was hat dieses Land nur aus euch gemacht?«

Auch wenn mein Vater einiges an *Almanya* schätzt, die deutsche Ingenieurskunst im Allgemeinen und die deutsche Autoindustrie im Speziellen, so sind die deutsche Küche und die fehlende Schärfe darin für ihn ein untrügliches Zeichen mangelnder kultureller Entwicklung.

Ich ergebe mich: Pff, pff, pff, kurz hyperventilieren und dann runter mit dem Zeug. Puh, das brennt vielleicht in der Speiseröhre.

Erstaunlich, was man sich als erwachsener, emanzipierter Mensch von seinen Eltern so alles bieten lässt. Vor allem, wenn man etwas von ihnen will. Nichts zu machen: Ich brauche diese pralle Weihnachtstafel nun mal. Dafür nehme ich sogar in Kauf, die nächsten Stunden mit den beiden zusammen in dieser Küche eingepfercht zu sein. Und das wird garantiert auch kein Kindergeburtstag.

Allah im Himmel, gib mir Kraft und Geduld!

3
Mein Mann, die Kartoffel

Messer klackern auf Holzbrettchen, Löffel schlagen an Topfwände, meine Eltern stehen nebeneinander an der Arbeitsplatte und schnaufen betriebsam. Dieses wohltuend vertraute Bild entspannt mich und so versinkt mein Blick müde in dem köstlichen goldbraunen Tee in meinem Glas. Ein wundervoller Moment der Ruhe.

Da klingelt mein Handy. »*Efendim?*«

Es ist Stefan. »Hallo *aşkım*.«

Ich freue mich sehr, seine Stimme zu hören. Bloß was er da von sich gibt, will ich nicht wissen.

»*Bitanem, hayatım,* ich schaff das nicht mit der Mousse au chocolat. Wir haben keinen Puderzucker und keine Sahne. Das müsste ich jetzt erst noch kaufen gehen. Ich dachte, du bringst stattdessen etwas Süßes vom Türken mit, aus Marxloh. Ich mach das wieder gut, *tamam canım? Öptüm.*«

Ende.

Ein kurzer Anruf. Kurz und schmerzhaft, deshalb hat er mir auch alle türkischen Kosewörter, die er gerade parat hatte, um meinen frisch gezupften Damenbart geschmiert.

Aşkım heißt »meine Liebe«, *bitanem* »meine Einzige«, *hayatım* bedeutet »mein Leben«, genau wie *canım* – das mit dem Leben hat er sicher zweimal gesagt, damit ich ihm seines nicht nehme. Ach ja, und *öptüm* natürlich: »Ich küsse dich.«

All das feuert er innerhalb von wenigen Sekunden ab. Wohlgemerkt: derselbe Mann, der es in den ganzen acht Jahren unserer Ehe nicht geschafft hat, anständig Türkisch zu lernen. Angst ist anscheinend ein guter Lehrer, das sollte ich mir unbedingt für die nächste Sprachlektion merken. Vielleicht werden meine bislang eher vergeblichen Bemühungen dann endlich mal belohnt.

Der Türkischkurs auf Kassette, den ich ihm zu Beginn unserer Ehe euphorisch für unseren zweiten Türkeiurlaub geschenkt hatte, liegt seit je sauber eingeschweißt im Regal. Die von mir freundlicherweise zum nächsten passenden Anlass besorgte interaktive Variante für seinen Laptop hat er immerhin schon mal ausgepackt und ins Laufwerk eingelegt. Das war es dann aber auch schon mit der Interaktion.

Hartnäckig, wie ich bin, habe ich es vor einiger Zeit zur Abwechslung mal mit einer individuellen und persönlichen Ansprache versucht und im Urlaub zwischendurch einfach türkisch mit ihm gesprochen. Ohne Vorwarnung, um den Überraschungsmoment zu nutzen, dafür aber mit der sofortigen deutschen Übersetzung im Anschluss.

Das Ergebnis: Er weiß jetzt, was *manyak* und *salak* bedeuten – verrückt und idiotisch nämlich. Denn so habe ich ihn genannt, weil er mich einfach beleidigt ignoriert hat, wann immer ich versucht habe, mich um seinen türkischen Wortschatz verdient zu machen.

»War das Stefan?«, will Anne wissen.

»Ja«, knurre ich. »Er schafft es nicht, den Nachtisch vorzubereiten, weil er verpennt hat, die Zutaten zu besorgen. Jetzt soll ich mich drum kümmern. Noch mehr Arbeit für mich. Dabei brate ich schon extra Frikadellen, nur weil er es sich gewünscht hat.«

Betretenes Schweigen. Schließlich wissen meine Eltern, dass Frikadellen unsere erste richtige Ehekrise ausgelöst haben. Unser erster großer Streit war nämlich tatsächlich ein Küchenkulturkonflikt.

Dabei hatte alles so harmlos angefangen. Wir waren gerade ein halbes Jahr verheiratet und hatten unsere Eltern zum Essen eingeladen. Ein paar türkische Joghurtdips wollten wir vorbereiten, dazu gebratenes Gemüse mit Tomatensauce, Bulgurreis und – an diesem Punkt begann der Glaubenskrieg – Frikadellen.

Frikos nennt Stefan sie, bei mir dagegen heißen sie Köfte. Eins ist ja wohl klar: Wir reden hier nicht über das Gleiche. Nicht mal annähernd!

Bei Stefans teutonischen Frikos handelt es sich um handtellergroße Hackfleischmonster, die in keiner Pfanne der Welt anständig durchgebraten werden können. Meine türkischen Köfte dagegen sind kleine, liebevoll oval geformte, höchstens fünf Zentimeter lange perfekte Frikadellen. Dazwischen liegen Welten.

Ich hatte mir also eine Schürze umgebunden und ein Kopftuch um die Haare, damit keine unerwünschten Zutaten ins Essen fielen, und bereitete mit Hingabe Köfte für das Essen mit unseren Eltern vor. Plötzlich stand Stefan neben mir, dessen Aufgabe eigentlich darin bestand, grüne Paprika und Zucchini in Olivenöl anzubraten.

»Hä? Was wird denn das?«, fragte er sehr von oben herab und das hatte diesmal nichts damit zu tun, dass er stattliche 1,95 Meter misst. Kritisch bestaunte er, wie ich meine kleinen türkischen Frikadellen modellierte.

»Na, Frikadellen, was denn sonst?«, sagte ich leicht verständnislos und knetete weiter.

»Das sind doch keine Frikos. Ich bitte dich! Da ist ja nicht mal genug dran zum Kauen. Die Dinger schluckt man doch einfach so runter.«

»Entschuldige bitte, aber wir machen Frikadellen nun mal auf diese Art.« Ich war inzwischen leicht verstimmt.

»Entschuldigung akzeptiert. Wir machen sie anders.«

Ich erstarrte. Tief durchatmen, dachte ich und versuchte mich zu beruhigen. Wollte der etwa Streit mit mir? Den allerersten richtigen Ehekrach? Wenn ja, wie würden wir den austragen? Auf die nüchterne deutsche Art diskutieren oder doch lieber ein türkisches Verbalgemetzel? Und vor allen Dingen: Wer würde gewinnen? Ich musterte ihn sehr genau. Der Kerl hielt meinem Blick stand. Ich entschied mich für eine nüchterne deutsche Reaktion in arrogantem Tonfall.

»Äh, Stefan, ich will dir ja nicht zu nahe treten, aber darf ich sie trotzdem so machen, wie ich es für richtig halte? Schließlich muss ich sie zubereiten, nicht wahr?«

»Und ich muss sie essen, oder? Die Dinger sehen doch armselig aus, so klein.«

Mann, der hatte ja Mumm. Da stand ich schwitzend und schwer atmend in der Küche und modellierte mir einen Wolf, weil ich eineinhalb Kilo Rindergehacktes zu Köfte verarbeiten musste, und Stefan besaß die Nerven, mich zu provozieren. Hatte er etwa all die scharfen Messer und Gabeln in meiner Griffweite übersehen?

Zu spät. Meine türkische Ader schwoll an und ich wurde richtig laut. »Jetzt hör mir mal zu, Stefan ›Kartoffel‹ Müller, wenn du nachher überhaupt noch in der Lage sein willst, etwas zu essen, dann solltest du mir jetzt ganz schnell aus der Sonne gehen! Sonst geschieht hier nämlich noch ein schlimmer Haushaltsunfall und du fällst in die Besteckschublade, und zwar mit dem Gesicht zuerst! Klar?«

So hatte ich ihn noch nie angebrüllt. Fassungsloses Staunen spiegelte sich auf dem Gesicht meines geliebten Ehemannes.

»Wie redest du denn mit mir?«, stammelte er, deutlich leiser als ich. »Ich glaub, du spinnst.«

Er war offensichtlich ernsthaft schockiert über

diese kleine Gewaltandrohung, den Mund hielt er trotzdem nicht. »Dass du gleich so ausfallend werden musst.«

Stefan war jetzt wirklich beleidigt – und ich inzwischen total sauer. Am liebsten hätte ich ihn mit dem restlichen Hackfleisch bombardiert, doch ich bin ein wohlerzogenes türkisches Mädchen und werfe nicht mit Lebensmitteln. Mit Messern ja, das würde gehen. Ich habe dann doch den Holzkochlöffel gegriffen, ihn aber nicht geworfen, sondern nur wild damit herumgefuchtelt.

Das kann sehr gefährlich aussehen, wenn eine stinkwütende Türkin das macht. Stefan hat sich schließlich kleinlaut an den Herd gestellt und lustlos in der Pfanne mit dem Gemüse herumgerührt.

Natürlich gab es türkische Köfte zu essen.

So, so, er wird das also wieder gutmachen mit dem fehlenden Dessert? Das hat er jedenfalls vorhin gesagt. Nun, wenn ich ehrlich bin, dann kann ich mich eigentlich darauf verlassen. Stefan schafft wirklich nur ganz selten etwas nicht, das er mir zugesagt hat, da ist er ganz pflichtbewusster und gewissenhafter Preuße. Wahrscheinlich habe ich mich deshalb gerade so über ihn aufgeregt. Dabei ist doch auch mein Schatz heute schwer gehandicapt durch eine Mischung aus Schlafentzug und Restalkohol.

Ich freue mich bereits auf die Zeit nach den Feiertagen, wenn wir uns von all dem hier erholen können. Das ist übrigens die schönste Zeit des Jahres für uns, wenn wir uns wie immer über den Jahreswechsel tagelang bei niemandem melden und nur einmal, am 29. Dezember, vor die Tür gehen. Das ist unser Tag, der Tag, an dem wir uns kennen gelernt haben. Über neun Jahre ist das jetzt her.

Arzu, Elmas und Frauke hatten es geschafft, mich trotz sibirischer Kälte zu einem abendlichen Bummel durch die Duisburger Innenstadt zu überreden. Unsere Finger waren blau angelaufen, doch unsere Wangen waren heiß und rosa, schließlich hatten wir in einem Café Glühwein getrunken.

»Mir hat der Glühwein ein Loch in den Bauch gebrannt«, beschwerte sich Elmas und rieb sich die Magengegend, »ich brauch jetzt was zu essen.«

Daraufhin rannten wir zu unserem Lieblingstürken. Als wir durchgefroren zu unserem Stammplatz rechts hinten in der Ecke stampften, war der bereits besetzt: Unser Freund Robert saß da und bei ihm: ein Unbekannter. Ein langgewachsener

Typ mit leicht gewellten, kurzen blonden Haaren und einem Eckzahn, der frech vorstand. Robert stellte ihn uns als seinen alten Freund Stefan vor. Sie hatten sich fürs Kino verabredet und wollten vorher noch etwas essen. Wir setzten uns dazu. Robert zündete das Teelicht auf unserem Tisch an und nahm wie immer die Bestellung für die gesamte Truppe auf. »Döner, schätze ich mal?«

»Na klar!«

Auch dieser Stefan hatte zugestimmt, doch als unser Essen nach zehn Minuten kam, guckte er uns völlig verständnislos an. Wir hatten jeder einen ovalen Teller bekommen, mit klein geschnittenem und geröstetem Fladenbrot, das mit Soße und Joghurt übergossen worden war – und obendrauf lag eine ordentliche Portion Dönerfleisch. Herrlich! Bloß Stefan fand das nicht. »Was soll denn das sein? Das ist doch kein Döner!«

Nicht ihn starrten wir anderen empört an, sondern Robert. Hatte er seinen Freund etwa nicht aufgeklärt? Robert zog schuldbewusst und entschuldigend die Schultern hoch. Nein, das hatte er wohl versäumt. Also übernahm ich die offenbar dringend nötige Lektion.

»Das ist Döner, mein Lieber. Und zwar so, wie wir ihn in der Türkei essen. Da heißt er *Iskender Kebap*. Das, was du hier als Döner kennst, ist eine

Erfindung von Türken aus Deutschland. Auch lecker, aber nicht unser Original-Döner.«

Stefan schien beeindruckt – ich wusste nicht, ob vom Duft des ungewohnten Gerichtes oder von meinen Ausführungen –, jedenfalls ließ er mich nicht aus den Augen, als er von seinem Essen probierte. Offenbar schmeckte es ihm. Er lächelte beim Kauen, sah mir in die Augen und dachte anscheinend weiter nach. Ich versuchte relativ erfolglos, ihn nicht anzusehen, und stocherte beunruhigt auf meinem Teller herum.

»Da will ich bloß einen Döner essen und dann so was …«, sagte er plötzlich. Er sah mir unumwunden in die Augen. »Da wird das hier doch tatsächlich ein echtes Candlelight Döner.«

Die anderen hatten wohl gemerkt, dass an unserem Tisch etwas mehr vor sich ging als nur glückliches Kauen und Schmatzen, denn von Kino war keine Rede mehr. Stattdessen wurden Schokoladenpudding und heißer Tee geordert. Auf diese Weise hatten Stefan und ich viel Zeit, uns gegenseitig in die Augen zu gucken.

Seitdem gehen wir jedes Jahr an diesem Tag ganz speziell Döner essen.

»Jetz mach nicht so eine Gesicht, *kızım*. Wirr schaffen das schon«, versucht *Anne* mich nach Stefans Anruf aufzumuntern, obwohl ich ihm längst nicht mehr böse bin, aber das weiß meine Mutter ja nicht. Das Muster ihrer Stirnfalten verrät, dass sie gerne noch etwas anderes sagen möchte. »Alles in Ordnung mit Stefan?«, will sie wissen.

»Ja, außer dass ich mich gleich noch durch die Feiertagsmassen quälen und etwas Süßes besorgen muss, ist alles in bester Ordnung.«

»Vielleicht ist sauer, wegen gestern? Seid ihr Mädchen alleine weggegangen?«, fragt meine Mutter vorsichtshalber noch mal nach.

»Quatsch, nein! Natürlich nicht. Wir waren alle zusammen aus. Das war mein Geburtstag, selbstverständlich ist Stefan mitgekommen.«

Völlig abwegig ist *Annes* Frage allerdings nicht, denn ich gehe tatsächlich öfter ohne Stefan aus. Er ist kein großer Tänzer und auch kein Freund von lauten Diskos. Wenn ich mit meinen Freundinnen wieder einmal zu einem Tanzmarathon durchstarte, zieht er es deshalb vor, mir einen Kuss auf die Stirn zu drücken und im Halbschlaf auf meine Rückkehr zu warten. Aber nicht so gestern, nicht an meinem Geburtstag.

Trotzdem meint *Anne,* seufzen zu müssen. Ich kann ihre Gedanken hören: »*Yazık,* arrme Junge.« Sie schüttelt den Kopf. Sie ist zwar Lichtjahre entfernt vom streng nach unverrückbaren Rollen für Männlein und Weiblein geordneten Universum meiner Tante Ferya, doch so ganz

59

sicher ist sie auch nach all den Jahren nicht, dass meine Ehe mich aushält. Jedes Mal kräuselt sie die Stirn, wenn sie hört, dass ich meinen Göttergatten wieder einmal alleine gelassen habe.

»Stefan gans alleine su Hause?«, fragt sie dann in einem Tonfall, als hätte ich ihn tagelang ohne Essen in unserer Wohnung eingesperrt.

»Aber *Anne,* er ist erwachsen«, muss ich ihr dann jedes Mal aufs Neue erklären. »Wir haben auch jeder einen eigenen Freundeskreis und verschiedene Interessen. Ein Abend ohne mich bringt ihn sicher nicht gleich um.«

Ihn nicht, meine Mutter dagegen schon, jedenfalls seufzt sie immer theatralisch und ihre Augenbrauen formen schlimme Schimpfwörter, die sie nicht aussprechen möchte.

Wirklich übel nehmen kann ich ihr diese Fragen und Kommentare allerdings nicht. Schließlich sind sie lediglich Ausdruck ihrer Sorgen und Unsicherheit. Nach all den Jahren halten die beiden die deutsch-türkische Verbindung zwischen Stefan und mir zwar nicht mehr für ein kulturhistorisches Wunder, doch es ist nicht immer alles ganz nachvollziehbar für *Anne* und *Baba.*

Sie betrachten es wohl nach wie vor als eine Art Naturphänomen, dass zwei Menschen, die ihre ersten Wörter in unterschiedlichen Sprachen gelernt haben und mit verschiedenen Religionen groß geworden sind, tatsächlich zusammenfinden können. Das ist jetzt natürlich eine leicht verkürzte und wohlwollende Zusammenfassung meinerseits, denn erstens gibt es genug Unterschiede und zweitens haben Stefan und ich ein Drama in fünf Akten aufgeführt, bis wir endlich heiraten durften.

Aber das ist ein eigenes Kapitel. Zunächst einmal sollte Folgendes festgehalten werden: Nie wollte ich einen Deutschen heiraten. Niemals! Das habe ich nicht nur gedacht, sondern auch mit großer Überzeugung jedem dargelegt, der es nicht hören wollte.

»Ich und eine Kartoffel, nee!«

Der allerwichtigste Grund: Deutsche Männer haben keinen Rhythmus im Blut. Davon war ich überzeugt, seit ich meine Schulfreunde tanzen gesehen hatte, ungelenk und völlig aus dem Takt. Die deutschen Jungs hatten zwar sehr verlockend funkelnde blaue Augen und süße Lippen, aber tanzen – nein, das war wirklich nicht ihr Ding.

Dabei ist Tanzen nicht nur sehr wichtig im sozialen Leben von Türken, es ist sozusagen eine Selbstverständlichkeit für uns. Wir tanzen schon, wenn nur irgendwo zwei Gläser aneinander klirren, egal ob Hochzeit oder Geburtstag, egal ob große Showbühne oder 35-Quadratmeter-Wohnung, und stets bewegen wir uns anmutig und harmonisch und locker aus der Hüfte heraus.

Okay, es gibt Ausnahmen. *Baba* zum Beispiel. Wenn ich mir angucke, wie er gerade im Takt auf dem Brettchen herumhackt und zu Sezen Aksus »*Hadi Bakalım*« wippt, das aus dem Küchenradio plärrt … Na ja. Das kann ein Deutscher kaum schlechter. Ich hätte ihn allerdings auch nie zum Mann genommen. Genauso wenig wie einen Deutschen, der beim Tanzen aussah, als würde er sich die Flöhe aus der Kleidung schütteln. Tanzen war also ein dickes Minus für den teutonischen Mann. Ebenso wie sein fehlender Familiensinn.

Nicht, dass mich das damals als Teenager ernsthaft interessiert hätte. Natürlich gab es durchaus den einen oder anderen Blondschopf mit zwei linken Füßen, den ich derart hinreißend fand, dass mir bei seinem Anblick die Wangen glühten. Allerdings hatten die erwachsenen Türken für den Ernstfall neben dem Respekt vor den Älteren den Familiensinn als wichtigstes Kriterium für den potenziellen Kandidaten ausgerufen. Auf diese Weise soll sichergestellt werden, dass die Generationen zusammenhalten, in dem Bewusstsein, dass alle aufeinander angewiesen sind und sich auch aufeinander verlassen können – und dass sie sich weiter vermehren natürlich.

Das konnte ich selbstverständlich nicht einfach so ignorieren und plapperte es daher ungefiltert nach, sobald es um eine zukünftige Beziehung ging, die in eine Heirat hätte münden können.

Die Realität beweist doch auch, dass es vielen Deutschen an Familiensinn mangelt. Sie leben ohne Trauschein zusammen! Und wir Türken können, na ja, *sollen* uns ohne denselben nicht fortpflanzen. Beides gehört für uns untrennbar zusammen und ist eine Art Naturgesetz. Das ist die Ordnung unserer Welt. Genauso wie jeden Abend die Sonne untergeht, es Nacht wird und sich dieses Spektakel seit Jahrmilliarden in einem ewigen Kreislauf wiederholt, ist es ein türkisches Naturgesetz, dass wir alle früher oder später heiraten und eine Familie gründen müssen. Das ist unausweichlich. Genauso wie wir auch alle irgendwann mal sterben müssen. Für manche ist dies das Gleiche, aber das ist eine andere Geschichte und hat nicht unbedingt damit zu tun, welcher Nationalität ein Mensch ist.

Jedenfalls sieht der genetische Code aller Türken vor, dass sie heiraten, und zwar besser früher als später. Wenn es länger dauert, kann es Gerede geben. »Stimmt da was nicht? Ist er oder sie etwa nicht umgänglich? Riecht da jemand streng oder hat eine heimliche Beziehung?« Auch heiratsfähige Türken und Türkinnen haben eine Art Mindesthaltbarkeitsdatum. Ab spätestens siebenundzwanzig sollte man das Tempo daher anziehen.

Getreu diesen Grundsätzen habe ich gleich Nägel mit Köpfen gemacht und es mit einundzwanzig getan.

Für meine Eltern viel zu früh, denn sie bestanden darauf, dass ich zuerst zu Ende studierte. Auch für mich war es im Grunde zu früh, denn ich wollte nicht nur keinen Deutschen zum Mann, sondern eigentlich überhaupt nie heiraten! Der Grund dafür lag auf der Hand: Die deutschen Jungs konnten zwar nicht tanzen, aber dafür tanzten einem die meisten türkischen Jungs, die ich so kannte, ständig auf der Nase herum. Ich habe später gelernt, dass es sich dabei um ein kulturübergreifendes Phänomen handelt und auch deutsche Männer darin eine echte Virtuosität zu entwickeln vermögen.

Ich hatte die türkischen Jungs stets aus sicherer Entfernung beobachtet, damit ich bloß nicht in Versuchung geriete, denn manche sahen geradezu atemberaubend aus: tiefe, dunkle Augen, schwarze Locken, warme, braune Haut. Verdammt, waren die attraktiv! Einige meiner türkischen und deutschen Freundinnen hatten damals solche Prachtexemplare am Arm.

Und später am Hals.

Sie wickelten die Mädchen ein, mit zuckersüßen Worten, die sie ihnen mit tiefer Stimme ins Ohr raunten, ganz nah, so dass ihre Lippen ihre Ohren berührten, sehr sachte nur, aber es reichte für eine Gänsehaut am ganzen Körper.

»Du bist die Schönste für mich, ich sehe nur noch dich. Ich werde dich ewig lieben und wir werden für immer zusammenbleiben.«

Ja genau, und am Strand von Antalya das erste gemeinsame Kind zeugen.

Alles Süßholzraspler, die einem nach kurzer Zeit statt duftender Versprechungen nur noch Kleidervorschriften ins Ohr flüsterten. »Die Hose ist zu eng. Dein BH zeichnet sich ab. Trag doch mal einen Rock, wie andere Mädchen.«

Plötzlich war er weggeweht, der umwerfende Mittelmeercharme. Und mit ihm die Gänsehaut.

»Halloho?« Meine Mutter glaubt offenbar, dass ich über meinem Tee eingeschlafen bin, während sie und mein Vater das halbe Weihnachtsmenü zubereitet haben, und holt mich unsanft aus meinen Erinnerungen zurück. »Schnell, Börek ist gleich ferrtig. Müssen raus aus dem Backofen.« Sie wirft mir mehrere Topflappen hin und winkt mich herbei. »*Hadi hadi hadi, çabuk ol.*«

Ich tue, wie mir befohlen wurde, und denke dabei, wie komisch es ist, dass es nicht einen einzigen Türken gab, der ernsthaft für mich in Frage kam.

Obwohl …

Einmal war ich ganz schön nah dran, einen Türken zu ehelichen.

Er sah gar nicht schlecht aus, wirklich nicht. Groß, dunkle Haare, grüne Augen. Okay, wir haben uns nie persönlich kennen gelernt. Wir wussten zwar, wer der andere ist, hatten allerdings nie ein Wort miteinander gewechselt, doch seine Mutter war eine flüchtige Bekannte meiner Mutter und schon mal bei uns zu Besuch gewesen. Immerhin! Und zwar, um mich zu begutachten, aber das ahnte ich an jenem Tag noch nicht.

Seine Mutter, Tante Hayrünisa (ihr Name hört sich selbst für türkische Ohren merkwürdig an), war eine sehr gepflegte Frau. Ihre kastanienbraun gefärbten Haare waren in einer akkurat gewellten schulterlangen Frisur zementiert und ihre nach jahrelangem Zupfen kaum noch nachwachsenden Augenbrauen in der passenden Farbe nachgezogen. Mit ihren mattgrünen Augen konnte sie sehr prüfend gucken. Da sie ein seltener Gast war, hatte meine Mutter mich vorher schon eingehend instruiert: lächeln, reden, für Tee und Gebäck sorgen. Wir wollten den bestmöglichen Eindruck hinterlassen – aus keinem bestimmten Grund, nein, es sollte uns einfach jeder hinreißend finden. Auch gut.

Also machte ich Konversation, servierte Tee,

zeigte freundlich lächelnd meine tollen Zähne – bis ich vor Schreck beinahe eine Gesichtslähmung erlitt, als mir meine Mutter in der Küche stammelnd erklärte, was Tante Hayrünisa ihr gerade offenbart hatte: Sie zog mich als mögliche Schwiegertochter in Betracht.

Ich war empört und geschmeichelt zugleich. Geschmeichelt, weil ich gefiel, aber insgesamt mehr empört, weil mich niemand vorher eingeweiht hatte und ich diese Mama-sucht-Frau-für-Sohn-Nummer schon immer unmöglich fand.

Anne jedoch war vollkommen außer sich, allerdings nicht vor Freude. »*Aman Allahım,* liebe Güte, wenn deine Papa erfährrt, errschießt uns alle!«

Ich konnte meine Mutter sehr gut verstehen, denn wenn etwas für meinen Vater überhaupt nicht ging, dann, dass sich jemand für eine seiner Töchter interessierte. Noch schlimmer war eigentlich nur, wenn die besagte Person nicht mal Manns genug war, die jeweilige Tochter selbst anzusprechen. Deshalb lautete auch die Standardantwort, wenn Freunde oder Bekannte meine Eltern fragten, ob Familie Y. oder Familie Ü. mal zu Besuch kommen dürfe, um die Mädchen zu begutachten: »Klar. Gerne. Mein Gewehr steht gleich neben der Wohnungstür. Ich werde sie damit höflich begrüßen.«

Im Fall von Tante Hayrünisa jedoch waren abschreckende Maßnahmen gar nicht mehr nötig. Die nüchterne Wahrheit hatte schon ausgereicht, das gerade erwachende Interesse ihres Sohnes erlöschen zu lassen. Wir wissen das deshalb so genau, weil eine andere, wiederum sehr enge Bekannte meiner Mutter live dabei war, als Tante Hayrünisa ihrem Sohn von ihrem Besuch bei uns erzählte – die türkischen Buschtrommeln sind einfach nicht zu übertreffen. Ich bekam übrigens Höchstnoten für meine Anständige-Tochter-Performance.

Mein Zukünftiger zeigte sich demnach zunächst durchaus interessiert: »Ja, die sieht ganz gut aus. Gefällt mir.«

Na, danke.

Dann wollte er wissen, was ich »so mache«.

Seine Mutter: »Sie macht gerade Abitur und will danach Politikwissenschaften studieren.«

Er: »Och nee. Dann redet die bestimmt viel.«

Damit war unsere vielversprechende Beziehung zu Ende, bevor sie überhaupt begonnen hatte.

Ich muss immer noch über diese Geschichte grinsen und schüttele den Kopf.

»Woran hast du gerade gedacht?«, will meine Mutter mit doppeldeutigem Tonfall wissen. Sie zeigt mit ihrem teigverschmierten Zeigefinger auf mich, doch ich sage lieber nichts, denn auch mein Vater hat sich neugierig zu uns umgedreht und hört aufmerksam zu.

Ich weiß, er kann über diese Geschichte nach wie vor nicht lachen.

Ungefähr vier Jahre nach dem abrupten Ende dieser verheißungsvollen Lovestory, Stefan und ich waren schon längst verheiratet, erzählten *Anne* und ich das Ganze eines gemütlichen Abends *Baba*. Er regte sich so sehr auf, dass er ziemlich laut darüber nachdachte, wie man diesen Leuten eine Lektion erteilen könne. Und sein imaginäres Gewehr spielte durchaus eine entscheidende Rolle dabei – genau wie damals, als ich meinen Eltern von Stefan erzählte.

Es war das erste Mal überhaupt, dass ich meine Zuneigung zu einem männlichen Wesen den beiden gegenüber erwähnte (Tom Cruise und der türkische Schauspieler Tarık Akan zählen nicht wirklich, finde ich).

Ich war neunzehn Jahre alt und hatte *Anne* und *Baba* gemeinsam ins Wohnzimmer gebeten.

»Ich möchte euch etwas Wichtiges sagen.« Ich saß mitten auf dem großen Sofa, das sonst vier Personen Platz bot – in sicherer Entfernung von ihnen. *Baba* ließ sich auf das Zweiersofa links von mir fallen, *Anne* nahm den Sessel auf meiner rechten Seite. Sie guckten mich gespannt an.

»Es gibt da jemanden, den ich sehr nett finde.«
Stille.

Beide guckten angestrengt weg.

Auf meiner Oberlippe bildeten sich Schweißperlen. »Er ist Deutscher.«

Meine Mutter sah mich wieder an – völlig entsetzt. Ihr Mund stand offen, aber es kam nichts
heraus. Stattdessen überhäuften mich ihre Augen
und ihre Brauen mit verzweifelten Fragen:
Bist du wahnsinnig? Ein Deutscher? Ein Christ?
Warum tust du uns das an? Gab es denn nicht genug Türken?

Mein Vater fand seine Sprache als Erster wieder. »Kann passieren.«

Wie bitte? Was sollte das denn heißen?

Ich nahm hier all meinen Mut zusammen, setzte
mich einer vermeintlichen Lebensgefahr aus (dass
ich keinen Freund haben durfte, hatten meine
Eltern mir sehr früh klar gemacht, über die Kon-
sequenzen einer Zuwiderhandlung hatten wir
dagegen nie im Detail gesprochen) und dann kam
als erster Kommentar »Kann passieren«? Während ich noch damit beschäftigt war, zu überlegen, ob das nun etwas Positives oder eher etwas
Negatives bedeutete, kamen *Anne* die Tränen.

»Kannst du mir mal sagen, warum du weinst?«,
fragte ich ärgerlich. »Ich hab euch ja nicht gerade
gestanden, dass ich Drogen nehme, oder?«

Bevor ich noch etwas hinzufügen konnte, verbot mir *Baba* mit einem strengen Blick jedes weitere Wort. »Gut, dass du uns das gesagt hast. Okay.« Er stand auf und wollte aus dem Zimmer gehen, während sich meine Mutter auf dem Sessel wimmernd ihrem Schmerz hingab.

»Ja ... aber ... wollt ihr denn nichts über ihn wissen? Er heißt Stefan.«

Baba blieb stehen, *Annes* Wimmern wurde lauter.

»Er ist sehr nett.«

»Das ist schön für dich, aber wir wollen nicht mehr über ihn wissen. Alles schön langsam, ja? Du bist noch sehr jung. Du hast keine Ahnung, wie Männer sind. Vielleicht bist du nur ein exotisches Spielzeug für ihn.«

Papa hatte für seine Verhältnisse geradezu einen Monolog epischen Ausmaßes gehalten – und was für einen. Ich, ein exotisches Spielzeug. Ich und keine Erfahrung. Wenn die wüssten. Doch das würde ich ihnen jetzt definitiv nicht auf die Nase binden, später vielleicht, in fünfzehn Jahren, wenn ich lange und sicher verheiratet wäre und ihnen längst zwei Enkel geschenkt hätte.

Im Moment sah es allerdings so gar nicht nach Hochzeit aus. Dabei war ich doch schon seit sechs Wochen mit Stefan zusammen und er hatte mich bereits gefragt, ob ich seine Frau werden wolle. Und ich hatte ja gesagt. Der Informationsstand meiner Eltern und die reale Entwicklung meines Liebeslebens stimmten also nicht ganz überein. Meine Schwester Sıla hingegen war natürlich längst eingeweiht. Ich hatte ihr gleich von Stefan erzählt, von seinen grünblauen Augen, dem süßen kleinen vorstehenden Eckzahn und von dem Heiratsantrag.

Sıla hatte alles vorausgesehen: »O Gottogottogott. Eine Kartoffel. Das gibt Stress.«

Sie sollte Recht behalten.

4
Ali der Barbar

Es gibt zwei Tätigkeiten, denen mein Vater mit besonderem Enthusiasmus nachgeht: einkaufen und die Frauen seiner Familie beschützen.

Ersteres scheint ihn durchaus zu entspannen, er tut es häufig und hat deshalb darin mehr praktische Erfahrung, schließlich benötigen wir öfter Lebensmittel als Schutz vor irgendwelchen Gefahren. Diese Tatsache hält *Baba* jedoch nicht davon ab, stets auf der Hut und einsatzbereit zu sein: Unsere Sicherheit hat oberste Priorität. Sicherheit vor anderen männlichen Wesen wohlgemerkt! Seine Geschlechtsgenossen, egal ob türkisch, deutsch oder usbekisch, sind meinem Vater nämlich grundsätzlich suspekt, vor allem sobald sie sich für eine seiner Töchter interessieren. Sofort erwacht dann sein Beschützerinstinkt und er unterstellt ihnen die allerschlimmsten Absichten, egal ob sie dreizehn oder dreiunddreißig Jahre alt sind.

Ich beiße in eine der noch warmen Börek mit Spinatfüllung, die ich vorhin aus dem Backofen geholt habe, und beobachte, wie mein Vater mit einem sehr scharfen Messer Lammfleisch in akkurate Würfel schneidet. Wieder einmal frage ich mich, wie er bloß darauf kommt. Schließt er etwa von sich auf andere oder kennt er die Männer einfach nur zu gut?

Warum auch immer, seit *Baba* denken kann, ist er davon überzeugt, dass Jungs nichts als Ärger bedeuten. Diese unwiderlegbare Tatsache hat er mir zum ersten Mal mitgeteilt, als ich süße dreizehn war und André G., ein Junge aus meiner Klasse, mit mir Hausaufgaben machen wollte.

Seine Mutter rief damals extra bei meinen Eltern an und fragte, ob ich zu ihnen kommen dürfe. Ich glaube, meinem Vater wäre beinahe der Hörer aus der Hand gefallen, deshalb übernahm Mama schnell und sagte Frau G., ich käme gerne – was ihr mein Honigkuchenpferdegrinsen bestätigte.

Kaum hatte *Anne* aufgelegt, fing *Baba* an zu schimpfen. »Was soll der Quatsch? Hausaufgaben heißen Hausaufgaben, weil man sie zu Hause machen soll.«

Schon damals war meine Mutter recht versiert in der Kunst des Augenrollens und entsprechend sah ihre Antwort aus.

Mein Vater wandte uns daraufhin den Rücken zu, brummelte vor sich hin und drehte sich theatralisch wieder um, den Zeigefinger hoch erhoben über dem Kopf: »Ihr werdet es sehen: Aus einem Mann wird nie ein Freund!«

Baba weiß bis heute nicht, wie Recht er mit seiner Theorie hatte, zumindest im Bezug auf André G. Wir waren nämlich wahnsinnig ineinander verliebt und fast acht Monate lang ein Paar. Na ja, doch eher ein Pärchen, ein dreizehnjähriges Pärchen wohlgemerkt, völlig ungefährlich und sehr unschuldig – er noch mehr als ich, denn zum Händchenhalten musste ich ihn geradezu zwingen.

Allerdings hatte er furchtbar feuchte Hände und ich danach keine Lust mehr, diesen Beweis unserer Liebe zu wiederholen. Für die Beziehung zu meinem ersten deutschen Freund bedeutete dies also das Ende – aber gleichzeitig war es der Anfang für die endlose Geschichte von Ali dem Barbaren.

Momentan wirkt der große Barbar allerdings alles andere als furchterregend, wie er da in der Küche steht und mit Hingabe das Lammfleisch mariniert.

Ha, da sollten Sie ihn aber mal sehen, wenn er im Einsatz ist! Wenn Ali der Barbar seine drei Töchter beschützt, egal ob verheiratet oder nicht.

Seine wichtigste Strategie dabei: gefährlich aussehen! O ja, das kann er wirklich gut. Schließlich ist er eine kompakte Kampfmaschine. Vierundachtzig Kilo Lebendgewicht verteilen sich auf 1,68 Meter. Das ist wenig Platz für viele Kilos, trotzdem sieht *Baba* nicht dick aus, sondern eher stabil und massig – und damit sehr beeindruckend.

Er hat ein kantiges Gesicht, das auf einem relativ kurzen, dafür jedoch breiten Hals sitzt, und guckt meist sehr mürrisch. Seine dunkelbraunen, kleinen Augen verstecken sich hinter Schlupflidern und zwischen seinen schönen vollen Lippen steckt oft eine Zigarette, die er nicht einmal dann herausnimmt, wenn er alle paar Tage mal drei Wörter spricht – ein wahrhaft verwegener Anblick.

Die meisten Menschen fürchten sich deshalb bei der ersten Begegnung vor ihm. Dabei muss man ihn nicht einmal sehen, um die Hosen voll zu haben, denn er schafft es, sogar am Telefon Angst und Schrecken zu verbreiten.

Ein Schulfreund sagte mir mal: »Wenn dein Vater rangeht und mit seiner tiefen Stimme bloß euren Namen sagt, klingt das bereits wie eine Drohung! Ich hatte manchmal das Gefühl, ich rufe im Hochsicherheitstrakt eines Gefängnisses an.«

Ich dagegen finde die Stimme meines Vaters weniger furchteinflößend als seine riesigen Pranken. Er hat wirklich überdimensional große Hände, die er zu riesigen Fäusten ballen und wild durch die Luft schwingen kann. Zum Glück ist das alles, was er damit tut, denn *Baba* würde nie jemanden schlagen, das findet er nämlich armselig.

Außer vor drei Wochen.

Da war er tatsächlich kurz davor gewesen, seine Fäuste dafür einzusetzen, »wofür der liebe Herrgott sie geschaffen hat« – so mein wutentbrannter Vater. Und ich war tatsächlich kurz davor gewesen, ihn entmündigen und in die geschlossene Anstalt einweisen zu lassen, denn Ali der Barbar hatte seinem Ruf wieder einmal alle Ehre gemacht.

Ihren Anfang nahm die Geschichte auf einer Podiumsdiskussion bei uns in Duisburg zum Thema »Das Ruhrgebiet – Schmelztiegel der Kulturen«. Die Podiumsteilnehmer und wir Zuschauer hatten uns alle in eine aufgeregte Debatte um Sinn und Möglichkeiten von Integration verstrickt und als basarerprobte Türkin hatte ich mich zunächst höflich vorgestellt und anschließend meine Meinung besonders lautstark vertreten. Damit war ich wohl einem Journalisten einer Lokalzeitung aufgefallen, der ebenfalls, ganz unscheinbar allerdings, im Publikum saß.

Zwei Tage nach dieser Veranstaltung, mein Vater hatte frei und saß gerade mit *Anne* am Frühstückstisch, klingelte das Faxgerät meiner Eltern. Es brachte nur dieses Klingeln hervor, kein bedrucktes Blatt, denn Papa hatte es wieder mal nicht richtig angeschlossen, seit der Toner und der Papiervorrat zu Ende gegangen waren. Für ihn eher zweitrangig, denn ob die Welt da draußen ihm etwas mitzuteilen hat, interessiert ihn ohnehin nicht besonders.

Es klingelte also und klingelte und klingelte – jemand versuchte meinen Eltern ein Fax zu schicken. Na ja, eigentlich versuchte jemand *mir* ein Fax zu schicken, doch das wusste außer dem lebensmüden Absender niemand.

»Verdammter Mist, verdammter.« Mein Vater war ernsthaft genervt, nahm den Hörer des Gerätes mehrere Male ab und legte wieder auf, damit endlich Schluss sei mit diesem Kommunikationsterror.

Nach einer Dreiviertelstunde permanenten Klingelns hatte auch *Anne* die Nase gestrichen voll. »Ali, hast du immer noch nicht reingetan Papier und Farbe, kriege ich jetzt Kopfweh. Schneide ich gleich Kabel ab«, drohte sie.

»Wer macht denn so einen Quatsch?«, fragte mein Vater mehr sich selbst als meine Mutter. »Wer versucht fünfzigmal ein Fax zu schicken? Man merkt doch irgendwann, dass es nicht geht!«

Die Hartnäckigkeit, mit der am anderen Ende der Leitung vorgegangen wurde, hatte die Neugier meines Vaters geweckt. Jetzt wollte er wissen, wer ihm derart Wichtiges mitzuteilen hatte, dass er ihn den halben Vormittag anfaxte und damit in den Wahnsinn trieb. Flugs wechselte *Baba* die Tonerkartusche und bestückte das Gerät mit Papier – und schon ratterte es los. Gleich würde er es genau wissen.

»Mit Ihrer bezaubernden Anwesenheit und erfrischenden Art haben Sie die ganze Veranstaltung belebt«, war da unter anderem zu lesen. *»Als Journalist habe ich häufig mit dieser Thematik zu tun. Ich würde mich gerne eingehender mit Ihnen darüber unterhalten. Vielleicht trinken wir ja mal einen Kaffee zusammen? Herzlichst, Ihr M. K.«*

Wenn wir Mamas Beschreibung glauben dürfen, klebten Papas Schlupflider plötzlich fast an seinem Haaransatz. »Spinnt der, oder was? Kaffee trinken? Mit meiner Tochter? Den werde ich in einer Tasse Kaffee ertränken.«

Ganz sicher bin ich nicht, was im Kopf dieses armen M. K. vorgegangen ist, aber mit seiner Entscheidung, mir ein Fax zu schicken, statt mich gleich persönlich anzusprechen, hatte er in meinem Vater den Wunsch geweckt, ihm ebendiesen abzureißen.

Vielleicht ist M. K. ja ein schüchterner Mann. Oder unentschlossen. Genau, das wird es gewesen sein, deshalb hat er sich erst später, zu Hause oder im Büro, überlegt, dass er mich gerne kennen lernen will. Woher sollte er auch wissen, dass nicht ich im Telefonbuch stehe, sondern nur die Faxnummer meiner Eltern – *Babas* Vorname ist dort abgekürzt und wir beide haben nun mal die gleichen Initialen. Und vor allem: Woher sollte er auch nur ahnen, dass mein Vater ein Barbar ist?

All das wusste der gute M. K. nicht, doch er sollte es erfahren. Genauso wie das ungeschriebene Gesetz, dass man einer verheirateten Türkin nicht einfach ungestraft eine Tasse Kaffee anbot. Denn völlig ahnungslos hatte der bedauernswerte Mann auf dem Fax nicht nur seine Herzensangelegenheit und seine Telefonnummer, sondern auch noch gleich seine volle private und berufliche Adresse angegeben.

»Gül, ich fahre jetzt zu dieser Zeitungsredaktion.« *Baba* stand gestiefelt und gespornt an der Tür, das imaginäre Gewehr durchgeladen, und war wild entschlossen, in die Schlacht um die Ehre seiner verheirateten Tochter zu ziehen. Schwupps war er weg.

Anne war derart schockiert, dass sie nicht einmal wagte, mich anzurufen und zu alarmieren. Sie ahnte, dass ich ihn notfalls überfahren hätte, um ihn von seinem Auftritt abzuhalten. So aber erreichte Ali der Barbar ungehindert die Zeitungsredaktion.

Ich kann noch immer nicht fassen, dass er das wirklich getan hat. Er sieht ja auch so friedfertig und entspannt aus, wie er gerade auf Wunsch meiner Mutter die CD wechselt. Nach Sezen Aksu soll es jetzt Tarkan sein, damit es flott weitergeht hier in der Küche. An besagtem Tag vor drei Wochen jedoch hat mein Vater unsere Zivilisationsgeschichte um mindestens einige Jahrhunderte zurückgedreht.

Vor Wut schnaubend und mit hochrotem Kopf kam er also vor dem Tresen am Empfang der Redaktion zum Stehen. »Ich möchte Herrn M. K. sprechen. Sofort!«

»Darf ich fragen, wer Sie sind, mein Herr, und worum es geht?«, erwiderte das blonde Empfangswesen in äußerst unterwürfigem Ton. Sie merkte sofort, dass eine geballte Ladung türkischen Ärgers vor ihr stand – die geschwollene Ader auf der Stirn meines Vaters sprach offenbar Bände. Dass er wie wild mit einem Blatt Papier vor ihrer Nase herumwedelte, ebenfalls.

»Ein Perverser ist das! Er hat mich den ganzen Vormittag belästigt und versucht, mir ein Fax zu schicken. Außerdem soll er gefälligst seine Finger von meiner Tochter lassen. Sie ist verheiratet!«

Wie das alles genau zusammenhing, wollte die Empfangsdame gar nicht näher in Erfahrung bringen – ich bin überzeugt, dass sie vielmehr die Frage beschäftigte, wie gefährlich dieser wahnsinnig wütende und sehr türkische Vater wirklich war.

»Er ist leider nicht im Haus, er hat einen Termin und wird heute auch nicht mehr reinkommen. Soll ich ihm etwas ausrichten?«, fragte sie, doch ihrem Gesichtsausdruck nach zu urteilen, wollte sie wohl eher wissen, ob es wirklich sein konnte, dass der Kollege M. K. sich mit einer verheirateten Türkin eingelassen hatte.

Mein Gott, das musste man sich einmal vorstellen. Mit einer verheirateten Türkin! War der denn total wahnsinnig?

Ich würde spontan sagen, dass wohl eher mein Vater wahnsinnig war, denn ohne ein weiteres Wort an diese charmante Frau zu verlieren, stapfte *Baba* einen langen Flur entlang, von dem links und rechts Büros abgingen. Er hatte M. K.'s Namen zwar nicht auf dem großen Büroplan an der Wand entdeckt, aber er hatte bereits eine Idee, wie der Übeltäter trotzdem zu enttarnen war.

»He, Moment mal, mein Herr, Sie können nicht einfach …«, versuchte die Empfangsdame ihn noch abzuhalten, doch selbstverständlich konnte mein Vater einfach …

Das für ihn obszöne Schriftstück wie einen Schild vor sich tragend, stürmte er in das erstbeste Büro, stellte sich an das dortige Faxgerät und fuhr mit dem kleinen Finger der rechten Hand an der Nummer auf seinem Fax entlang. Kurz vergleichen: War das von diesem Gerät abgeschickt worden? Nein, offenbar nicht. Also, nächstes Büro. »Guten Tag, meine Damen und Herren.« Er grüßte die Anwesenden freundlich und musterte sie genau. War dieser Lüstling vielleicht doch hier? Schnell ein Blick auf das Fax, nein, verdammt, die Nummer stimmte schon wieder nicht überein.

Dafür stand jetzt jemand vor ihm. Der Fremde war deutlich größer als *Baba*. »Guten Tag, mein Name ist Christoph Meurer, ich bin der Chefredakteur hier. Wären Sie bitte so freundlich, mir in mein Büro zu folgen?«

Die Bitte muss sehr nachdrücklich geklungen haben, deshalb zog Ali, inzwischen nicht mehr

ganz so überzeugender Barbar, es vor, ihr nach-
zukommen. Was jedoch noch lange nicht heißen
sollte, dass er im Unrecht war. Niemals!

Herr Meurer musste entweder ein wahrer Men-
schenkenner sein oder er hatte seine Diplomar-
beit über interkulturelles Konfliktmanagement
geschrieben. Innerhalb kürzester Zeit stand nämlich eine Tasse schwarzen Tees vor meinem Vater,
Baba durfte im Layoutprogramm der aktuellen
Lokalausgabe herumklicken und auf den idiotischen Schwerenöter schimpfen.

Die Empfangsdame hatte Herrn Meurer sofort
alarmiert, die ihr bekannten Details des Dramas
referiert und mit ihm gemeinsam eine Gefahren-
analyse erstellt: verrückt, aber wahrscheinlich
nicht gefährlich. Alles Weitere übernahm dann
der Chef persönlich.

»Ach Ali, Sie wissen doch, wie das ist, wenn die
Hormone mit den jungen Leuten durchgehen«,
warb er um Verständnis, nachdem er das Fax ge-
lesen hatte. »Ihre Tochter ist sicher so schön, dass
der Kollege gar nicht anders konnte, als ihr sein
Herz zu öffnen.«

Die Erklärung mit den Hormonen vermochte
zumindest teilweise als wissenschaftlich durchzu-
gehen und entschärfte damit die persönliche Beleidigung, die mein Vater empfand. Und dass
seine Tochter schön war, daran gab es nun mal

überhaupt keinen Zweifel – dieser Herr Meurer war doch ein ganz feiner Kerl.

Nach einer guten halben Stunde, einer weiteren Tasse Tee und einem einwöchigen Gratisabo verließ *Baba* die Redaktion – natürlich nicht, ohne der Empfangsdame noch ein Versprechen abzunehmen. »Selbstverständlich werde ich ihm alles ausrichten. Nein, Sie müssen deswegen nicht wiederkommen. Auf Wiedersehen.«

Das mit dem Wiedersehen hat sie bestimmt nicht ehrlich gemeint, da bin ich sicher.

»Sag mal, hast du jetzt komplett den Verstand verloren?«, schrie ich ihn abends an, als Mama und er mir alles erzählten. »Gib mir sofort dieses Fax!«

»Wieso? Ist doch auf meinem Faxgerät angekommen, also ist es meines.«

Das klang verdammt nach Barbarenlogik. Meinte er das wirklich ernst?

Leider ja.

Ich hätte ihm am liebsten auf der Stelle das Gesicht zerkratzt, doch ein derart respektloses Verhalten ist für wohlerzogene türkische Töchter reichlich ungebührlich. Den Vater anbrüllen ist schon ungeheuerlich genug, also beschränkte ich mich darauf. »Du hast sie nicht mehr alle. Du bist verrückt!«

»Ich bin nicht verrückt. Ich bin nur der Einzige hier, der normal ist«, beharrte er.

»Wie sieht denn das aus? Da versucht jemand auf sehr zivilisierte Art sein Glück bei mir, erspart mir dabei im Prinzip die Peinlichkeit, ihn direkt abzuweisen – ich könnte das Fax ja auch einfach ignorieren –, und du führst dich auf wie der letzte anatolische Irre! Du Hinterwäldler! Der arme Kerl hat doch keine Ahnung, dass ich verheiratet bin.«

Logik konnte meinen Vater noch nie beeindrucken. Demnach stand er auch diesmal zu dem, was er getan hatte. »Der ist doch krank im Kopf! Traut sich nicht mal, dich direkt anzusprechen! Wahrscheinlich ist das ein Psychopath. Du kannst froh sein, dass ich das für dich in die Hand genommen habe.«

Er war fest von der Richtigkeit und Angemessenheit seiner Handlung überzeugt. Was sollte ich bloß mit diesem … diesem … ja, diesem Barbaren machen?

Ich hätte ihn erwürgen können.

Nein. Das ging nicht.

Sein Hals war zu dick, da kam ich mit den Händen nicht herum.

Mit zärtlichem Staunen wandert mein Blick von meiner Teetasse zum Nacken meines Vaters. *Anne* nennt ihn manchmal heimlich »Stiernacken«, was er niemals hören darf, wenn wir ihn nicht zwei Wochen schmollend ertragen wollen. Dabei meint sie es nett. Wie er da steht und vor sich hin brutzelt, sieht er so was von harmlos und lieb aus, doch an jenem Abend …

»Ich bin fast dreißig!«, schrie ich weiter. »Ich regle meine Angelegenheiten selbst! Außerdem habe ich einen Mann! Und wenn irgendjemand außer mir etwas unternehmen sollte, dann nur er!«

»Stimmt.« O nein, da hatte ich ihn wohl auf eine Idee gebracht. »Mit Stefan muss ich auch noch darüber sprechen, was wir weiter unternehmen sollen.«

Spätestens jetzt wusste ich, dass mein Vater völlig übergeschnappt war und eine Gefahr für die Menschheit darstellte.

Von M. K. habe ich nichts mehr gehört, doch dieser Vorfall wird Folgen haben. Ich muss dringend mit meinen Schwestern konferieren, denn die beiden sind noch Singles und ich will nicht, dass sie das ein Leben lang bleiben, nur weil *Baba* allzeit bereit ist, jeden Mann auf Freiersfüßen sogleich zu vierteilen.

Sechs Tage habe ich danach mit diesem Barbaren nicht gesprochen. Dann stand er mit meiner Mutter und einer selbstgemachten Fleischwurst vor meiner Tür und ich habe sie reingebeten.

Aber nächstes Mal, das schwöre ich, werde ich ihn für unzurechnungsfähig erklären lassen.

5
Meine Familie streikt – gegen Stefan

Es ist ein Fluch.

Die Älteste von drei Schwestern zu sein, meine ich. Immer war ich die Erste, der etwas widerfuhr. Beispielsweise war ich die erste Tochter, die Brüste bekam. Meine Güte, welch ein Wunder.

Und welch unterhaltsames Tischgespräch.

Ja, tatsächlich, in türkischen Familien wird durchaus über die knospenden Brüste der Töchter gesprochen. Na ja, »gesprochen« ist vielleicht ein bisschen zu viel gesagt bei meinen Eltern. Wenn ich nämlich gerade wieder mal aufgeheult hatte, weil Sıla beim Tischdecken aus Versehen ihren Ellbogen in meinen zart sich andeutenden Busen gerammt hatte, dann vermittelte *Anne* in ihrer dezenten Augenbrauensprache *Baba,* dass sich da etwas tat bei mir.

Mein Vater reagierte selbstverständlich ebenso dezent: »Na, dann müssen wir doch bald einen BH kaufen, was?«

O Gott, war mir das peinlich. Das Abendessen habe ich dann mit vor Scham hochrotem Kopf im Kinderzimmer in mich hineingestopft.

Essen ist übrigens ein guter und nahe liegender Gedanke, denn es zischt, dampft und duftet unglaublich hier. Ich freue mich schon auf das Gelage heute Abend bei uns. Ohne dass *Anne* es bemerkt, schnappe ich mir einen Zucchinipuffer, beiße genüsslich hinein und rühre weiter einen Knoblauch-Joghurt-Dip an.

Natürlich war ich seinerzeit auch die Erste, die zu hören bekam, dass es in Diskos immer böse Typen gebe, die unbedarften Mädchen wie mir schlimme Dinge in die Cola taten, um anschließend schlimme Dinge mit ihnen zu tun. Das kann übrigens jeder Türke aus dem Effeff herunterbeten, denn das Es-passieren-schlimme-Dinge-in-Diskos-Szenario war eines von drei Lieblingsthemen der frühen türkischen Filmemacher.

Die anderen beiden sind: Armes Waisenkind findet durch unglaubliche Zufälle eine wundervolle Pflegefamilie oder seine in Wahrheit noch lebenden Eltern, von denen es durch böse Menschen (aha, da haben wir es wieder) getrennt wurde. Und: Mann aus ärmlichen Verhältnissen verliebt sich unstandesgemäß – und für mich völlig unverständlicherweise – in eine wohlhabende Frau, die gerne ultrakurze Röcke und unfassbar viel blauen Lidschatten trägt; nach etlichen Missverständnissen finden die beiden endlich zueinander. Oder der Mann wird erschossen (von einem bösen Typen natürlich), aus welchem Grund ist dabei relativ egal – die Geschichte funktioniert übrigens auch, wenn die Frau aus ärmlichen Verhältnissen stammt oder erschossen wird.

Doch nicht nur deshalb ist es ein Fluch, das älteste Kind einer Familie zu sein, besonders einer türkischen Familie.

Es gibt tatsächlich eine ganze Reihe von Gründen und sie sind alle schrecklich, doch die Erste zu sein, die ihren Freund und zukünftigen Mann mit nach Hause bringt und den Eltern vorstellen muss – das nimmt definitiv und mit Sicherheit die Spitzenposition der Hitliste ein.

Ich dachte jedenfalls, ich würde es nicht überleben und Stefan schon gar nicht, wenn *Baba* ihn erst einmal zwischen die Finger bekäme. Doch das sollte ein ganzes Jahr dauern. Ein Jahr, in dem etwas derart Friedliches wie gemeinsames Kochen, so wie wir es jetzt gerade machen, einfach nicht möglich war, weil wir statt der Zutaten für das Essen am Ende uns gegenseitig geschnetzelt hätten. Damals hätte ich nicht geglaubt, dass wir Jahre später einmütig in der Küche stehen, im Suppentopf rühren und darüber diskutieren würden, ob unser Weihnachtsmenü eher einen Tomatensalat mit Petersilie verträgt oder doch besser mit Dill.

Es war kein normales Gspräch zwischen uns möglich, über gar nichts, denn meine Eltern wehrten sich mit Händen und Füßen, und zwar gegen alles. Dagegen, dass ich überhaupt einen Freund hatte, dass Stefan Deutscher war, dass wir heiraten wollten, dass ich doch mit dem Studium noch gar nicht fertig war (wie auch, im dritten Semester?) und dass ich erst zwanzig Jahre alt war – wofür ich nun wirklich rein gar nichts konnte.

Anne ist in jenem Jahr ungefähr siebenunddreißigmal an Tuberkulose erkrankt. Alles meinetwegen, jedenfalls hat sie das standhaft behauptet: »*Sen beni verem ettin* – wegen dir bekomme ich Tuberkulose.«

Ich muss dazu klarstellen, dass ich niemals im Leben Tuberkulose hatte und sie deshalb auch nicht angesteckt haben kann. Menschen ohne medizinische Vorbildung werden sich jetzt fragen, wie es dann sein konnte, dass meine Mutter meinetwegen Tuberkulose bekam. (Und Menschen mit medizinischer Vorbildung werden sich das erst recht fragen.)

Die Antwort ist denkbar einfach: Bei dieser Krankheit handelt es sich nämlich um die so genannte psychosomatische Türkinnentuberkulose.

Sie tritt immer dann auf, wenn Kinder (vorzugsweise Töchter) ungehorsam sind und nicht tun, was ihre Mutter von ihnen verlangt. Die Mutter reagiert mit schlimmen Krankheitssymptomen, die wir undankbaren Blagen zwar nie sehen, dafür aber ständig zu hören bekommen: Unsere Mütter klagen meist über unmenschliche Schmerzen in der Brust und darüber, dass sie wieder Blut gespuckt hätten. Es ist ein wahres Elend …

Nur für den Fall, dass Sie mir nicht glauben: Sie können jeden beliebigen Türken auf der Straße anhalten und ihn fragen, welche schlimmen Krankheiten es in seiner Familie gibt. Die psychosomatische Türkinnentuberkulose wird hundertprozentig darunter sein.

Das Schweigen und Schmollen meines Vaters hingegen ist wohl eher eine individuelle Spezialität.

Nachdem *Baba* zu Beginn unserer Beziehung seinen epischen Vortrag über die eventuellen exotischen Gelüste von Stefan gehalten hatte, der möglicherweise auch eine Türkin auf seiner Trophäenliste haben wollte, verlegte er sich aufs Schweigen und Beobachten. Natürlich hielt mich das nicht im Geringsten davon ab, Stefan weiterhin zu treffen und es auch jedes Mal lautstark zu vermelden.

Das war nun meine ganz persönliche Verhandlungstaktik. Ich hatte sie mir von den aufdringlichen Verkäufern in türkischen Urlaubsorten abgeguckt, die bei kaufunwilligen Touristen wie folgt vorgehen: Sei penetrant und laut, dann werden sie irgendwann weich. Das Problem war nur, ich konnte damals nicht ahnen, dass es ein ganzes Jahr dauern würde. Und ein Jahr mit meinen Eltern kann verdammt lang sein.

Es war Ende November, die Luft war kalt und feucht, an einem Samstag war ich früh wach geworden, meine Eltern, Sıla und auch unsere Jüngste, Gözde, schliefen noch. Um kurz nach acht stand ich auf, putzte mir die Zähne, zog mich an, schnappte mir meine Tasche und ging aus dem Haus.

Brrrr, nass und kalt, aber trotzdem schön. Ich hatte seit langer Zeit wieder mal gut geschlafen, am Vorabend nicht mit meinen Eltern gestritten – ich war zu Hause geblieben und weder bei Stefan noch in der Disko gewesen! Jetzt wollte ich, dass auch dieser Samstag entspannt verlief, und beschloss, allen ein schönes Frühstück zu machen.

»Guten Morgen, Frau Antolič«, begrüßte ich die Bäckerin gleich neben dem Supermarkt. »Fünf normale, drei Roggen, drei Sesam, drei Mohn, und eins mit Körnern für meinen Vater«, bestellte ich.

Mit der wohlig warmen Brötchentüte im Arm betrat ich anschließend den Supermarkt. Nur die Wurst- und Käsetheke interessierte mich, also steuerte ich direkt darauf zu, während ich die Einkaufsliste durchging: Gouda für Sıla, Camembert für Mama, Edamer für Gözde, Schimmelkäse für Papa.

»Ja sieh mal an, du kriechst die Tür nich zu«, schallte es plötzlich quer durch den Supermarkt. »Meine kleine anatolische Kalkleiste!«

Ein wogender Busen rammte mich von der Seite und zerquetschte mir fast die Lungen. Die korpulente Frau Kuhl hatte mich entdeckt, die Mutter einer Grundschulfreundin. Und in ihrer Euphorie hatte sie sich hinter ihrer Wursttheke hervorgewuchtet und erdrückte mich nun.

»Ach Kindchen, wat hab ich dich lang nich gesehn. Wie isset denn so? Unsere Tanja is getz inne Ausbildung, noch zwei Jahre. Du studierst getz, hat die Mama erzählt. Und du hasn Freund?

Einen Deutschen? Die Mama hat da wat fallen lassn. Hoho, da wird der Ali aber ma kiebig, wie?«

Frau Kuhl unterhielt sich ausgezeichnet und zwar wie immer hauptsächlich mit sich selbst, denn bei dem Redefluss war ja kein Dazwischenkommen. Also nickte ich hier ein Ja, dort ein Nein und zwischendurch guckte ich ein Vielleicht und endlich ließ sie mich los. Sonst hätte ich gleich einen neuen Rekord im Apnoe-Einkaufen aufgestellt.

Noch ein wenig atemlos zählte ich auf: »Ich hätte gerne eine Lage Rauchfleisch, eine Lage Rindersaftschinken und zehn Scheiben Putenbrust.«

Schnaufend langte Frau Kuhl in die Auslage und sammelte alles zusammen. »Ach, vielleicht is dat ja auch wat für dich, du Muselmanenmäusken. Wir ham jetzt nämlich 'ne reine Putenmettwurst. Mit Zwiebeln. Hundert Prozent Pute, sehr lecker.«

Der Türke an sich kennt keine Mettwurst – das heißt, er hat keine zu kennen, denn sie besteht ja meist aus Schweinefleisch, doch Frau Kuhls Angebot hörte sich gut an. *Baba* aß ohnehin alles (außer Schweinefleisch, versteht sich), egal ob roh oder nicht, und probierte gerne Neues aus. »Ja sicher, bitte gleich zwei davon.«

Wieder zu Hause deckte ich den Tisch in der

Küche, hörte wie die anderen aufstanden und das Bad belagerten, kochte Eier und Tee und breitete meine Einkäufe aus. Ich hatte gerade die Käse- und Wurstscheiben eingerollt und mit Petersilie dekoriert, als meine Mutter die Küche betrat.

Zur Begrüßung erntete ich einen Feuerstrahl aus ihren Augen. Oh oh, die guckte aber böse. Offenbar hatte sie nicht so gut geschlafen wie ich. Da ich sie nicht zusätzlich reizen wollte, sagte ich zur Sicherheit lieber nichts, sondern holte die Saftgläser aus dem Hängeschrank. Langsam ließ *Anne* ihren Blick umherwandern.

Wenn wir ihre Küche benutzten, gab es gewisse Grundregeln zu beachten: Arbeite sauber und ordentlich. Abfälle gehören unmittelbar nach ihrem Entstehen in den Eimer. Wassertropfen und andere Flüssigkeiten sind sofort wegzuwischen. Lebensmittel, die nicht mehr gebraucht werden, sind zeitnah im Kühlschrank zu verstauen. Sonst wird *Anne* zum Küchenterminator.

Wortlos scannte sie die Arbeitsplatte, den Tisch, das Spülbecken, Moment, wieder den Tisch. Und wurde wirklich zum Terminator. »Aaaaaaaaah! Habe gewuuuusst! *Allah belanı versin*! Iiiiiiih! Gott soll dich bestrrrafen. Uuah, wer ist auf die Toilette? Schnell rraus, ich muss rrein!« *Anne* lief aus der Küche in die Diele, direkt meinem Vater in die Arme.

»Was ist los, Gül?«, fragte er erschrocken und guckte in die Küche. Doch ich konnte ihm leider auch nicht mehr sagen, als dass meine Mutter entweder wahnsinnig geworden oder besessen war, ich hatte keine Ahnung, was plötzlich in sie gefahren war. Sie stand vor der Toilettentür und würgte.

»Komm da raus, Gözde. Mama muss sich übergeben«, sagte mein Vater hektisch, aber da beruhigte sie sich schon wieder.

Nein, wohl doch nicht.

»Du missratene Stück! Was haben wirr nurr falsch gemacht!«, schrie sie mich an und stapfte zurück in die Küche. »Nimm soforrt von meine Tisch! Erst deutsche Frreund und jetzt Schweinefleisch!«

Mit einem Teller fegte eine Furie, die meiner Mutter ziemlich ähnlich sah, die Mettwürste in hohem Bogen vom Tisch. Da ich sie beide schon angeschnitten hatte, flog die eine ans Fenster, um ganz und gar unappetitlich an der Scheibe herunterzurutschen und einen roten Streifen dort zu hinterlassen, während die andere ihre Flugbahn auf dem Kaktus beendete.

Baba war noch sprachloser als sonst und starrte mich an. »Du hast doch wohl nicht wirklich Schweinefleisch auf den Frühstückstisch gestellt?«, schien er mich ernsthaft entsetzt zu fragen.

Waren die denn völlig bescheuert? Dass ich auf meinem Lebensglück mit Stefan bestand, in Ordnung, das war nicht einfach für sie und sie durften es mir ruhig vorwerfen. Aber dass sie mir unterstellten, ich sei so bescheuert, Schweinefleisch nicht nur heimlich zu essen, sondern es auch noch zum samstäglichen Familienfrühstück aufzufahren, das ging nun doch zu weit.

Ich hatte tatsächlich schon mal welches gegessen, aus Neugier. Mit sechzehn zuerst ein Brötchen mit gekochtem Schinken aus der Bäckerei, als ich beim Stadtbummel Hunger bekam. Optimistisch ging ich davon aus, dass mich nicht gleich der Schlag treffen würde, und verstieß deshalb gegen dieses Verbot. Dabei war ich so nervös gewesen wegen dieses Tabubruchs, dass ich anschließend nicht mal mehr wusste, ob es geschmeckt hatte. Einige Zeit später ließ ich mich auf ein Salamibrötchen ein. Zu meiner Erleichterung musste ich mich auch danach nicht sofort übergeben.

Nach dem leckeren Rührei mit Schinken, das ich mir eines Tages beim Frühstück mit Schulfreunden erlaubt hatte, kam ich dann aber doch ins Wanken. Denn das war mehr als nur ein neugieriger Versuch, hier brach ein Damm und ich war nicht sicher, dass mich nicht vielleicht später der Schlag treffen würde – die Sache mit Gott und der Religion hatte ich für mich noch nicht endgültig durchdacht.

Bis zur Klärung des Sachverhalts erteilte ich mir deshalb ein striktes Schweinefleischverbot, um mein Gewissen und mein Sündenkonto nicht weiter unnötig zu belasten. Doch das wusste natürlich weder mein Vater noch meine Mutter, die sich hier gerade aufführte wie wahnsinnig.

»Du spinnst doch!«, rief ich, während ich theatralisch in Sılas und mein Zimmer marschierte. »Das ist reine Putenmettwurst. Ich hoffe, ihr erstickt daran.«

Rrrrummms. Tür zu.

Es dauerte nicht lange, bis es an meiner Tür klopfte. Meine Mutter konnte das ja wohl nicht sein, denn die wollte mich am liebsten erwürgen und da neigt man ja eher nicht zum Klopfen.

Es war *Baba*. »Alles klar bei dir?«, wollte er wissen.

»Ja, doch. Außer, dass meine Mutter endgültig den Verstand verloren hat, ist alles *tamam* und in bester Ordnung.«

»Das Ganze war ein Missverständnis«, erklärte er.

»Is nich wahr, Papa. Tatsächlich?« Ich fand, ein bisschen Sarkasmus stand mir durchaus zu.

»Du verstehst nicht. Mama hat heute Nacht so

schlecht geträumt, dass sie mich aufgeweckt hat. Na ja, zuerst habe ich gelacht, als sie erzählt hat, was sie geträumt hat, aber da hat sie mir mit dem Kissen eins übergezogen. Dann habe ich nicht mehr gelacht.« *Baba* war auch jetzt noch hin- und hergerissen, wie es schien, denn er unterdrückte mit Mühe ein Grinsen.

»Was hat sie denn geträumt?«, fragte ich.

»*Anne* hat geträumt, dass sie dich und Stefan besucht und euren Kühlschrank öffnet. Es waren lauter Schweine darin, kleine und große, sie spazierten im Kühlschrank umher und quiekten ununterbrochen. Sie hat im Traum Schweineohren und Schweinenasen gegessen und selbst angefangen zu quieken. Und dann kommt sie vorhin in die Küche und sieht das Mett auf dem Tisch, da sind wohl ihre Sicherungen durchgeknallt.«

Hatte ich das gerade wirklich gehört?

Hatte meine Mutter wirklich diesen Quatsch geträumt? In meinem Kühlschrank spazierten Schweine umher und Mama konnte sich nur noch quiekend verständlich machen? Ha, verständlich machen! Ich fiel lauthals lachend aufs Bett, krümmte mich und auch Papa konnte nicht mehr an sich halten.

»Oink oink«, äffte er meine Mutter nach. Wir husteten und prusteten und Tränen liefen uns über das Gesicht. *Baba* hatte regelrechtes Seitenstechen vor Lachen, als die anderen ins Zimmer kamen, Mama mit einem schuldbewusst beleidigten Blick, weil ihr leid tat, dass sie mir unrecht getan hatte, sie aber trotzdem fand, dass ich schuld daran sei. Schließlich war ich nicht davon abzubringen, ausgerechnet diese Kartoffel lieben zu müssen.

Wenn es nicht zumindest hin und wieder derartige Entladungen gegeben hätte – wir hätten uns wegen Stefan wohl alle irgendwann gegenseitig erwürgt, denn für türkische Dramen gab es Anlässe genug.

Einer der schönsten war mit Sicherheit, als wir eines Abends alle entspannt bei schwarzem Tee und Gebäck vor dem Fernseher im Wohnzimmer herumlümmelten. Gözde spielte auf dem Teppich mit ihrem Bauernhof und den Tieren, Sıla und ich zappten durch das Programm und Papa blätterte gedankenverloren in einem seiner Wissenschaftsmagazine. Meine Mutter hatte anscheinend nichts zu tun, denn plötzlich sagte sie: »Wie ist? Würrde err sich denn beschneiden lassen?«

Baba warf vor Aufregung sein Teeglas um, der Tee spritzte auf Sılas Arm, Sıla schrie auf, Gözde erschreckte sich so sehr, dass sie ihre Tiere durchs Wohnzimmer schleuderte und anfing zu weinen, woraufhin mein Vater brüllte, wir sollten verdammt noch mal ruhig sein, was ich jedoch nicht befolgen konnte, da ich meine Mutter anschreien musste, um zu erfahren, ob es Sauerstoff gebe auf dem Planeten, auf dem sie lebte. Denn was sie da von sich gegeben hatte, ließ eindeutig auf eine O_2-Unterversorgung ihres Gehirns schließen.

Stefans Genitalien waren von da an tabu.

Schließlich gab es genügend andere Themen und wir haben sie auch alle durchgenommen, rauf und runter, bis mir so übel war, dass mir eines Tages der Geduldsfaden riss.

Meine Eltern hatten bis dahin monatelang geschmollt und gegrollt. *Anne* murmelte regelmäßig Verwünschungen, wenn sie mich sah, und pflegte ansonsten ihre imaginäre offene Tuberkulose, während *Baba* zuletzt vor einem halben Jahr, am Silvesternachmittag, mit mir gesprochen hatte.

Dass ich mit Stefan zu einer Silvesterparty gehen wollte, hatte er gleichmütig hingenommen, doch als er deutlich nach Mitternacht seine eigenen Gäste bis zum Parkplatz geleitete, musste er doch tatsächlich mit ansehen, wie dieser Deutsche im Auto seine Tochter küsste. Danach herrschte sechs Monate lang Funkstille zwischen uns, und das, wo *Baba* doch ohnehin nicht viel redete.

Er war schwer beleidigt.

Derweil wurde ich langsam wahnsinnig, denn

viel länger konnte ich diesen Hochseilakt nicht
durchhalten: auf Zehenspitzen versuchen, alle
Fallstricke zu umgehen, meine Eltern bis an den
Rand der Verzweifelung treiben und sie trotzdem
an Stefan gewöhnen und nebenbei auch noch
meine Süßkartoffel bei Laune halten. Es musste
dringend etwas geschehen.

Tagelang benahm ich mich wie ein überdi-
mensionaler menschlicher Zuckerwürfel. Ich war
süß und willig, umgänglich, hilfsbereit, räumte
die Spülmaschine aus und ging einkaufen. Ich
putzte sogar das Treppenhaus, obwohl ich das für
eine der schwachsinnigsten Tätigkeiten im gesamten Universum halte. Alles, um für ein milde-
res Klima zwischen uns zu sorgen.

Eines Abends machten es sich meine Eltern mit
einer Kanne Tee auf dem Balkon gemütlich. Sıla
richtete sich ebenfalls dort ein und aß ein Stück
Zitronenkuchen. Ich schnappte mir auch ein
Stück und setzte mich dazu, vielleicht ergäbe sich
ja ein belangloses, doch atmosphärisch wertvol-
les Gespräch, hoffte ich.

Pustekuchen.

Kein Blick in meine Richtung. Wenn ich mit
Sıla redete, blieben die Augen meiner Eltern ge-
senkt, wenn hingegen Sıla sie direkt ansprach,
reagierten sie. Mein Eindruck war sogar, dass sie
zu meiner Schwester besonders freundlich waren

und mich absichtlich schnitten. Sogar auf dem bisschen Balkon hier, wo ich ihnen beinahe auf dem Schoß saß.

Ich explodierte. »Ich hab die Schnauze voll von euch! Seit einem Jahr gebe ich mir alle Mühe, rede immer wieder mit euch, ich versuche euch zu überzeugen, anstatt einfach abzuhauen und mein Leben so zu leben, wie ich es für richtig halte. Und was kommt von euch? Gar nichts! Wisst ihr was? Wenn es euch so glücklich macht, dann werde ich mich von Stefan trennen! Jawohl! Ich trenne mich. Aber wisst ihr was? Ich bleibe dann hier, hier bei euch, und zwar bis ans Ende eurer Tage und das wird wohl schneller kommen, als ihr meint, und jeden Tag, den Allah bis dahin werden lässt, werde ich euch an meinem Unglück teilhaben lassen. Jeden gottverdammten Tag. Ich verspreche, ich werde euch das Leben zur Hölle machen!«

Als ich geendet hatte, liefen Sturzbäche aus *Annes* Augen und *Baba* hätte ausnahmsweise gerne mal etwas gesagt, doch angesichts meines ausgefeilten Vortrages fiel ihm nichts Angemessenes ein. Mann, das war echt filmreif. Ich beziehe mich natürlich auf türkische Filme, denn sie allein werden der tiefen Melodramatik der Situation gerecht.

Allerdings war ich noch längst nicht fertig. Es gab noch eine Schlüsselszene in meiner Darbietung, einen Wendepunkt sozusagen, um meinen Auftritt oscarreif abzurunden. Ein spontaner Einfall, zugegeben, aber Improvisation ist große Kunst und in diesem Fall war sie äußerst wirksam.

Getrieben von Verzweifelung und Rachsucht hatte ich mich erinnert, dass in einer schnöden Plastiktüte im Keller die gesammelten Liebesbriefe meiner Eltern schlummerten.

Ihre Briefe waren voller Sehnsucht und Traurigkeit, denn sie stammten aus der Zeit, als meine Mutter ihre Arbeitserlaubnis früher bekommen und ohne meinen Vater nach Deutschland gekommen war. Ein Jahr lang waren die beiden getrennt (ha, wie Stefan und ich, wenn das kein Zeichen war!) und neben Arbeiten, Essen und Schlafen hatten sie sich diese Zeit hauptsächlich mit dem Schreiben von Liebesbriefen vertrieben.

Babas Briefe waren oft kleine Kunstwerke, er zeichnete gerne und ließ zum Beispiel aus dem Namen meiner Mutter Rosen wachsen, weil *Gül* auf türkisch Rose heißt. Er schrieb, dass er ihre feurig funkelnden Blicke vermisse und sich wünsche, endlich ein warmes Nest mit ihr zu bauen. *Annes* Spezialität hingegen waren kleine Gedichte, in denen die Anfangsbuchstaben den Namen meines Vaters ergaben. Sie träumte von seinem lockigen Haar und wollte an seiner Schulter einschlafen.

Das war alles so unglaublich romantisch und schön, denn schließlich hatten sie sich am Ende ja gekriegt, und deswegen wollte ich sie mit ihren Liebesschwüren aus der Vergangenheit direkt konfrontieren. Ich rannte in den Keller, packte die Tüte und stampfte zurück in die Wohnung.

»Hier! Eure Briefe!«, brüllte ich, während ich die Tüte auf den Wohnzimmertisch leerte. »Wie könnt ihr nur so vergesslich sein?« Aus einem Meter Höhe segelten über zwanzig Jahre alte Leidenschaften im Wohnzimmer umher und verteilten sich auf Tisch und Teppich.

Vor Schreck versiegten die Sturzbäche in *Annes* Gesicht, nur noch einzelne Tropfen fielen auf die Blätter und Umschläge, als sie versuchte, das Beweismaterial schnell wieder aufzuheben. *Baba* hob ebenfalls einige auf, bewegte sich jedoch nur langsam, weil er mich dabei nicht aus den Augen ließ. Ich hatte ihn offenbar ziemlich überrascht und er wartete, was jetzt noch kommen könnte. Hilflos sammelten er und meine Mutter ihre Vergangenheit ein.

Ich ging in mein Zimmer und heulte den Rest des Tages mein Kissen voll. Zwischendurch ließ ich mich von Sıla und Gözde trösten und mit Kuchen versorgen. Ich wollte nie mehr raus aus meiner Höhle.

Am nächsten Morgen begann eine neue Zeitrechnung in unserer Familie: Meine Eltern waren bis in die frühen Morgenstunden auf gewesen – ich hatte sie reden gehört – und über Nacht anscheinend erwachsen geworden.

Anne teilte es mir höchstpersönlich mit, ohne Tränen in den Augen und auch ohne einen leisen Fluch auf den Lippen: »Deine Vaterr sagt, kannst du Stefan einladen, wollen wir ihn kenne lerrnen.«

So weit hatte ich sie also. Die Kartoffel sollte Einzug halten in unser Leben.

Einige Tage später, es war Freitagabend, waberten Parfümwolken aus dem Badezimmer, wo *Baba* sich seit dem späten Nachmittag verschanzt hatte, und in der Küche, wo *Anne* die letzten Handgriffe erledigte, dampfte und zischte es, als würden wir Staatsgäste empfangen: Stefan sollte seinen Antrittsbesuch machen.

Ich war übrigens aus dem Vorbereitungskomitee ausgeschlossen, Mama wollte alles alleine kochen und hatte lediglich meine Schwester Sıla zu niederen Diensten wie Zwiebel schneiden herangezogen. Es gab Tomatencremesuppe, mit Hackfleisch gefüllte Auberginen, Börek mit Spinat, Geschnetzeltes vom Lamm, normalen Reis, Bulgurreis, Salat, Cacık und falls wir dann wider

Erwarten noch nicht geplatzt sein sollten, *Yogurt Tatlısı* zum Dessert.

Anne hatte sich in einen wahren Wahn gekocht. Ich denke, sie hatte höllische Angst davor, ihren Lebensabend mit einer frustrierten und verbitterten alten Schachtel zu verbringen, und wollte jetzt alles daransetzen, dass ihre wohlverdiente Altersruhe nicht an ihr selbst scheiterte.

Rrrrring.

Stille im Haus. Offene Münder, aufgerissen Augen. O mein Gott, es hatte geklingelt.

6
In der Höhle des Löwen

Obwohl ich natürlich genau wusste, dass Stefan seinen Antrittsbesuch machen sollte – von »wollen« wage ich hier gar nicht zu sprechen –, war ich fast ein wenig überrascht. Er hatte sich wirklich getraut. Nach all den Geschichten von Ali dem Barbaren, seinem tödlichen Schweigen, der Schweinephobie meiner Mutter und einem ganzen Jahr, in dem er sich vorgekommen sein musste wie ein Leprakranker, stand er tatsächlich unten vor unserer Tür und hatte sogar geklingelt. Jetzt musste er nur noch die Treppen in die zweite Etage schaffen.

»Çabuk, çabuk, çabuk – schnell, macht auf«, rief *Anne,* strich sich durch die Haare und sprintete dann doch selbst an die Tür, während *Baba* noch immer im Bad war und unsere Atemluft weiter mit allen vorhandenen Duftwässerchen anreicherte.

»Aliiiiiiii! Kommst du sofort herr.« Wenn meine Mutter sich so anhört, duldet sie keine Verzögerung.

Augenblicklich stand Papa hinter ihr und Sıla, Gözde und ich auch. Ich glaube, wir haben alle die Luft angehalten, vor Aufregung und wegen der Duftwolke, die meinen Vater umgab, dann öffnete *Anne.*

1,95 Meter deutscher Mann standen im Türrahmen.

Ich fand, er sah hinreißend aus mit seinen kurzen blondgewellten Haaren, dem weißen Hemd über der dunklen Jeans und seinem ängstlich lächelnden Mund. Sogar der Blumenstrauß, den er wie zum Schutz vor der Brust hielt, stand ihm gut.

Was meine Eltern in dem Moment dachten, war an ihrem Gesicht nicht abzulesen. Ihre Augen wanderten zunächst kommentarlos an Stefan entlang, rauf und runter – und das kann bei der Größe dauern.

Nach einer gefühlten Viertelstunde sagte meine Mutter endlich: »Schöne gute Abend. Herrslich willkommen.«

Stefan sagte erst mal gar nichts, suchte unsicher meinen Blick, machte einen Schritt in die Diele und nickte devot zur Begrüßung.

Ich hoffte nur, dass er nicht vor Nervosität in Ohnmacht fallen würde. Wer von uns kleinwüchsigen Türken sollte dieses lange Elend dann wieder aufrichten?

Doch das Nicken war wohl die richtige Antwort, denn der große Meister der wortlosen Kommunikation, mein Herr Vater, nickte ebenfalls, und zwar mit dem Anflug eines freundlichen Gesichtsausdrucks. Wir haben das alle sofort erkannt, nur Stefan schwört bis heute, dass mein Vater genauso grimmig geguckt hat wie Clint Eastwood in *Hängt ihn höher.*

»Hallo. Ich bin Stefan. Ich freue mich, Sie kennen zu lernen.« Artig überreichte er meiner Mutter den Strauß Sommerblumen und gab ihr die Hand.

»Hhmm. Phlox, Eustoma und Hypericum«, erwiderte *Baba.*

Stefans Blick verriet mit einem Mal leichte Panik. Wie? Wo? Was sollte das heißen, Flox, Hyperdingsbums und was war das dritte gewesen? Hatte er etwa jetzt schon etwas falsch gemacht? Hätte er der Dame des Hauses nicht die Hand reichen dürfen? Wurde er deshalb gerade auf Türkisch beschimpft?

Dabei gab es überhaupt keinen Anlass zur Panik, im Gegenteil, mein Vater machte Smalltalk! Er hatte nur mal eben die lateinischen Bezeichnungen der Blumen ins Gespräch eingebracht.

»Schon gut«, flüsterte ich Stefan zu, als ich ihm die Jacke abnahm, die er über dem Arm trug. »Alles in Ordnung.« Bisher jedenfalls.

»Kommen Sie. Gehen wir ins Wohnzimmer«, schlug *Baba* vor und der gesamte Tross setzte sich in Bewegung. Mein Vater ging gemessenen Schrittes voran, während Stefan nervös und an seinen Hosentaschen herumnestelnd hinterhertapste. Meine Mutter hinter ihm versuchte inzwischen, links und rechts an diesem schier endlos langen Menschen vorbeizugucken – sie ging Stefan bis knapp zum Bauchnabel –, um zu sehen, wo mein Vater sich hinsetzte. Er ließ sich auf dem Dreiersofa nieder, also war über Eck noch das Zweiersofa frei und gegenüber der Sessel.

»Können Sie auf die Sofa setzen, bitte schön.« Meine Mutter deutete auf das Zweiersofa und nahm selbst neben Papa Platz.

»Gerne, danke.« Stefans Blick sagte mehr als tausend Worte: *Großes Sofa, super, da passen zwei drauf. Dann kannst du neben mir sitzen und meine schwitzende Hand halten. Na, nun komm doch schon! Lass mich nicht alleine.* Aber das ging nicht.

Er betrat zum ersten Mal sichtbar das Leben

meiner Eltern, er war praktisch ein Fremder, außerdem wäre die optische Botschaft zu viel gewesen: *Ich gehöre zu ihm, es ist längst alles entschieden, ihr könnt ohnehin nichts mehr ausrichten.* Auch wenn es tatsächlich so war, meine Eltern waren unendlich wichtig für mich – nur deshalb hatten wir uns über ein Jahr gegenseitig die Haare gerauft. Wenn ich ihnen also das Gefühl geben wollte, dass sie noch ein Wörtchen mitzureden hatten, durfte ich mich auf keinen Fall gleich zu Stefan setzen.

Oder vielleicht doch? Schließlich hatte er solche Angst. Ich ließ es bleiben und setzte mich gegenüber in den Sessel.

Später hat Stefan mir erzählt, dass ihm das Herz schon in die Hose gerutscht sei, als mein Vater plötzlich fremd und bedrohlich klingende Wörter gesprochen hatte, aber als ich ihm dann auch noch die physische Unterstützung verweigerte, war er versucht zu sagen: »O nein, tut mir leid, aber mir ist gerade eingefallen, dass ich noch einen wichtigen Termin habe. Bis bald … vielleicht.« Aber er war tapfer und blieb sitzen. Und lächelte gequält in die Runde.

Sıla zwinkerte ihm verschwörerisch zu – die beiden kannten sich ja längst –, um sich im nächsten Moment höflich lächelnd in die Küche zu verziehen. Feiges Stück! Die Spannung wurde ihr offenbar zu groß. Das sollten wir mal schön unter uns ausmachen.

Gözde hatte Stefan artig die Hand gegeben, aus ihrer Zehnjährigenperspektive seine immense Körpergröße bestaunt, ihr schönstes Lächeln und ihr entzückendes rotweißgestreiftes Kleid präsentiert. Jetzt fand sie, das sei erst einmal genug, und verabschiedete sich ins Kinderzimmer.

Na toll.

Kein Mucks im Wohnzimmer.

Nur ungleichmäßiges Atmen.

Meine Eltern saßen dicht beieinander auf dem riesigen Sofa und bestanden eigentlich nur aus vier großen Augen, ihr Mund erfüllte im Moment überhaupt keine Funktion. Ich war ebenfalls keine echte Hilfe, denn ich duckte mich in den Sessel und überlegte angestrengt, was ich denn mal Intelligentes von mir geben könnte, um eine unverfängliche Unterhaltung anzufangen, aber mir wollte partout nichts einfallen.

»Sie ... interessieren sich für ... Lasertechnologie? Ihre Tochter hat mir davon erzählt.« Stefan hatte das Schweigen gebrochen.

Aber hatte er auch etwas Intelligentes gesagt?

Ich war nicht sicher.

Meine Mutter auch nicht. Denn wir hassten diese Lasergeschichte. Ganz im Gegensatz zu meinem Vater: »Ja.«

Alle Blicke hefteten sich an seine Lippen. Doch da kam nichts weiter. O Gott, das war's schon? Ein bisschen länger hätte seine Antwort für meinen Geschmack ruhig ausfallen können.

Ich ermunterte Stefan mit Blicken, weiterzureden, er war anscheinend der Einzige im Raum, der momentan der deutschen Sprache mächtig war, und vielleicht erinnerte er sich an weitere Dinge, die ich ihm irgendwann einmal über meine Eltern erzählt hatte – nur die netten Sachen natürlich.

Doch außer dem Laser fiel ihm wohl nichts ein. »Ja, äh, lesen Sie gerne darüber, oder … äh?«

Ha, lesen! Wenn mein Vater die Möglichkeit hätte, würde er Experimente an Mensch und Tier durchführen! Das heißt, wenn Mama ihm nicht jedes Basteln an Lasertechnologie aus dem Versandhandel verboten hätte.

»Ja. Lesen auch.«

Ich hätte ihn erwürgen können. Was sollte das? Warum bemühte er sich nicht einmal jetzt um eine Unterhaltung, wo ich ihnen meinen Freund vorstellte?

Plötzlich war ein roter Punkt auf Stefans weißem Hemd zu sehen. Er tanzte auf seiner Brust und wanderte hinauf zu seiner Stirn. *Baba* ließ Taten statt Worte sprechen.

Er trägt immer und überall einen Laserpointer

bei sich, als Schlüsselanhänger, und statt sich den Mund fusslig zu reden, hatte er seinen Laserpointer angeworfen und strahlte damit meinen zukünftigen Mann an – falls der mich überhaupt noch wollte nach diesem Quatsch.

»Das ist doch ungefährlich, nicht wahr?« Stefan tastete sich nervös lächelnd ab. Der Punkt wanderte von seiner Nase über seine Hände zu den Ohrläppchen.

»Ja, ja, völlig ungefährlich«, beruhigte ihn mein Vater. »Laser sind in Klassen eingeteilt. Je nachdem, wie gefährlich sie sind. Laserpointer gehören in Klasse 1 bis 2. Kein Problem also. Erst ab Klasse 3R wird es brenzlig für das Auge.«

Stefan fing an zu blinzeln, ihm war sichtlich unwohl und ich hatte nicht den Eindruck, dass meinem Vater das irgendwie unangenehm war. Er hatte Gefallen gefunden an dieser Unterhaltung.

»Wenn man's übertreibt, dann können aber auch solche kleinen Laserpointer ungemütlich werden. Wenn Sie keinen natürlichen Lidschlussreflex haben, zum Beispiel. Normalerweise müsste der nach 0,25 Sekunden Bestrahlung auftreten. Wenn nicht, dann kann auch Laserstrahlung der Klasse 2 oder 2M gefährlich sein.«

Hatte er Stefan deshalb eingeladen? Um ihn mit diesem idiotischen Zeug zu vergraulen?

Wollte er auf *Eine schrecklich nette Familie* machen? Oder würde mein Herr Vater meinen Zukünftigen einfach nur blenden und dann nach Hause schicken? Der Arme schrumpfte von 1,95 Meter auf 1,75 Meter zusammen.

»Ist genug, Ali«, zischte meine Mutter mit einem gezwungenen Lächeln und schwupps, hatte sie den Laserpointer einkassiert. Seltsamerweise gab es keinen Protest von Papa. Er fuhr nur unauffällig über seine Hemdtasche, wo er zum Glück noch einen zweiten versteckt hatte.

»*Kızım,* meine Tochter, Stefan möchte etwas trrinken vielleicht?« *Anne* schien wild entschlossen, die Situation entkrampfen zu wollen. »Eine Kaffee vielleicht oder etwas Kaltes?«

Stefan sah sie fast entschuldigend an: »Könnte ich vielleicht schwarzen Tee bekommen? Den trinken Sie doch sicher auch.«

Sehr gut, mein Herz. Richtige Reaktion.

Mamas Augenbrauen stimmten einen Lobgesang an. Meine Güte, ein Deutscher, der schwarzen Tee bevorzugte, großer Pluspunkt für den jungen Mann. »Aberr sicher«, strahlte sie, »und Hunger haben Sie bestimmt auch. Wir decken mal die Tisch.« Sie stand auf und stieß mich an, ich sollte mit in die Küche kommen. Und Stefan allein lassen.

Ihn alleine lassen? Mit *Baba*?

Au weia. Ich liebte diesen Menschen, ich wollte ihn nicht diesem merkwürdigen Mann ausliefern, von dem meine Mutter seit Jahren hartnäckig behauptete, er sei mein Vater. Ich wusste nicht, was er sagen würde, wenn die beiden allein im Zimmer wären. Und was er tun würde, das wusste ich erst recht nicht. Es gab keinen Präzedenzfall in unserer Familie für den Antrittsbesuch eines Schwiegersohnkandidaten. Noch dazu einer Kartoffel.

Trotzdem musste ich gehorchen. Als ich aufstand, sah mich Stefan an wie ein verwundetes Reh. *Du gehst doch wohl nicht!*, bettelten seine Augen. Aber ich ging. Sein flehender Blick bohrte sich mir in den Rücken, als ich die Tür hinter mir schloss.

In der Küche holte *Anne* die Teegläser, Untersetzer aus Kristall und kleine Löffel aus dem Schrank und stellte sie auf ein Tablett.

»Sıla, nimmst du Salzstange aus die Mund, hast dich lang genug verrsteckt hier in Küche, füllst du jetzt die Oliven und Cacık in die kleine Schälchen. Na, mach schon! Und du«, sie wandte sich zu mir um: »Brring schnell die Teegläser rrein und guck, was wieder deine bekloppte Vater anstellt.«

Vor der Wohnzimmertür blieb ich kurz stehen. Was passierte wohl da drinnen? Wie schrecklich fühlte sich Stefan? Denn dass dem so war, stand außer Frage. Klirrend und klackernd drückte ich die Wohnzimmertür auf und spähte hinein. Mein Vater hatte inzwischen den Ersatzlaserpointer herausgenommen und leuchtete diesmal nicht Stefan, sondern die Fotos an der Wand an. »Das ist Gözde am Tag, als sie ihren ersten Zahn verloren hat.«

Stefan sah erst das Foto an, dann mich. Ich wusste, was er fragen wollte: »Wo bleibst du? Ich weiß inzwischen alles über Laserpointer, was ich nie wissen wollte, und über die Milchzähne deiner Schwester auch.«

Ich stellte das Tablett ab und bedachte meinen Vater mit dem finstersten Blick, den ich zu bieten hatte, damit er bloß nett zu Stefan wäre. Er ignorierte mich allerdings fröhlich und laserte weiter munter durch das Wohnzimmer. »Diese Messingkaraffe habe ich praktisch während der Fahrt auf dem Autoput in Jugoslawien gekauft. Achtunddreißig Stunden ohne Schlaf, und trotzdem knallhart verhandelt.«

Allmächtiger, er redete über seine ach so heldenhaften Zweitagestodesfahrten in den Heimaturlaub.

Ich hatte gehofft, wir würden Stefan nicht vor unserem zweiten Hochzeitstag damit nerven. Doch wenn mein Vater so weitermachte, würde es keine Hochzeit geben, weil Stefan, sofern er denn diesen Abend überlebte, selbst Abstand davon nehmen würde. Trotzdem musste ich ihn wieder seinem Schicksal und damit Ali dem Barbaren überlassen – in der Küche wartete Arbeit auf mich.

»Warum guckst du so komisch?«, fragte Sıla, »Hat Papa den armen Kerl aufgefressen?«

»Das nicht, aber er macht Stefan gerade wahnsinnig, fürchte ich.«

»Gut. Passt er besser zu diese Familie dann«, sagte *Anne.*

Ich wünschte mir nichts sehnlicher, als dass Stefan bald zur Familie gehörte, doch er musste sich ja nicht gleich in allen Punkten anpassen. Etwas weniger Geistesgestörtheit als im Familiendurchschnitt war mir durchaus sympathisch. Um seine geistige Gesundheit zu erhalten, wollte ich so schnell wie möglich wieder zu ihm, also drückte ich aufs Tempo. Die Tomatencremesuppe pladderte in die Terrine, die Börek stapelte ich auf einer Servierplatte und den Salat warf ich in eine große Schüssel.

»Na, na. Mit mehrr Liebe, bitte«, mahnte *Anne,* doch ich balancierte alles schon längst wieder in Richtung Wohnzimmer. Nervös stieß ich die Tür auf.

Stefan hatte einen weißen Schnurrbart.

Moment mal – hektisch stellte ich die Sachen auf dem Esstisch ab –, wo hatte er den her? Ich war doch höchstens sechs Minuten weg gewesen, was war passiert?

Sein Gesichtsausdruck sagte eindeutig: ekelhaft, aber sein Mund sprach deutlich vernehmbar: »Oh. Interessant.«

Ach du Schreck! *Baba* hatte ihm *Boza* eingeflößt. Stefan hielt das Glas noch in der Hand. Selbst angerührte, dickflüssige säuerlich gärende *Boza* aus vergorenem Weizenschrot mit Zimt obendrauf*,* das wohl älteste bekannte türkische Getränk – genau so schmeckt es für die meisten auch.

Mein Vater pries es unermüdlich als Kalzium- und Vitamin-A-Bombe an, doch die ganze Familie weigerte sich beharrlich, dieses Zeug zu trinken, und drohte regelmäßig, es in den Abfluss zu gießen. Deshalb hortete Papa seinen geheimen Vorrat im Keller und in der kleinen Abstellkammer auf dem Balkon. Und jetzt schüttete er ihn auch noch in meinen armen eingeschüchterten Freund.

Mit ihm konnte er's ja machen!

»Stefan, du musst das nicht trinken.« Ich versuchte ihm zu helfen, doch der Arme hatte sich längst im psychologischen – oder besser: psychopathischen – Spinnennetz meines Vaters verfangen.

»Nein, nein. Das ist … gut … ja … sehr gut, lecker.« Er trank noch einen Schluck, diesmal ohne das Gesicht zu verziehen.

Mein Gott, musste der die Hosen voll haben.

Und mich lieben.

Ich hätte mich eher foltern lassen, als dieses Gesöff zu trinken, doch Stefan zuckte kaum sichtbar mit den Wimpern.

»Ja, sehr gut, nicht wahr?« *Baba* nickte zufrieden. Das konnte ich mir nicht länger mit ansehen und stürzte wieder in die Küche.

Dort hatte Sıla inzwischen die anderen Gerichte in Schalen umgefüllt und meiner Mutter in die Hand gedrückt. Ich wollte sie ihr schon abnehmen und schnell wieder zurück ins Wohnzimmer, aber sie winkte ab. »Mache ich. Nimmst du bitte die gute Besteck fürr Gäste, ja?«

O nein. Ich musste Stefan noch länger allein lassen. Okay, schnell, das Besteck, wie viele Personen waren wir? Wenn ich meinen Vater vom Balkon geworfen hätte, eine weniger – verlockend, aber unwahrscheinlich. Gut, okay, ich brauchte Löffel für die Suppe, Dessertgabeln, verdammt, das dauerte, huch, Mama war schon wieder zurück.

»Willst du nicht wieder reingehen, *Anne*? Dann sind die beiden nicht so alleine.«

Anne winkte ab. »Lass mal. Muss das sein, glaub

mir. Die Männerr muss ein bissche gucken und sich riechen oder wie sagt man?«

»Man sagt ›sich beschnuppern‹. Aber Papa hat sich ja eben dermaßen eingesprüht, dass er riecht wie ein dreistöckiges Freudenhaus, und Stefan wird mich nach diesem Abend bestimmt nicht mehr wollen.«

Sıla kicherte, Mamas Augenbrauen formten ein *Meinst du wirklich?* und ich begann wieder an ihren Absichten zu zweifeln. Vielleicht waren sie heimtückisch genug und hatten diesem Treffen nur zugestimmt, um uns ein für alle Mal auseinander zu bringen?

»Komm schon. Beeilst du dich. Nimmst du Salz- und Pfefferrstreuerr. Sıla kümmerst du dich um die Servietten. Ich gehe Hände waschen, dann wir können endlich essen. Ach ja, die Tropfe da an Spülbecken, wischst du weg, bitte, und die leere Suppentopf wisst ihr wohin gehört.«

Klar, sicher. Ich könnte auch zwischendurch noch den Küchenboden schrubben und die Türrahmen lackieren, wenn's sein muss. Weitere sieben Minuten vergingen, bis wir die Anweisungen meiner Mutter ausgeführt hatten. Endlich konnte ich mit dem letzten voll beladenen Tablett ins Wohnzimmer. Zu meinem armen gequälten Schatz.

Sıla und ich standen vor der Tür. Wir hörten *Baba* ruhig reden. Meine Schwester sah mich kurz an, drückte dann vorsichtig die Klinke runter und schob langsam die Tür auf. Papa verstummte.

Meine Mutter war nicht zu sehen, dafür saßen mein Vater und Stefan bereits am Esstisch. Als ich das Tablett darauf abstellte, blickte ich Stefan in die Augen. Sie waren ganz wässrig und quollen schon leicht hervor, sein Hals war rot gefleckt, die Wangen feuerrot – er sah schrecklich aus!

»*Baba, ne yaptın* – was hast du getan?«, flüsterte ich, so laut ich konnte.

»Nichts, was soll ich denn getan haben?«, fragte das Unschuldslamm in Person.

»Stefan, was ist?«, versuchte ich es nun bei ihm, aber als Antwort kam nur ein Röcheln aus seinem Mund.

»Ihm ist bloß ein bisschen warm geworden, denke ich, vielleicht sogar heiß. Es ging gerade um ein sehr wichtiges Thema unserer türkischen Kultur, ein Ritual sozusagen«, sagte Papa.

Ich verstand überhaupt nichts mehr.

Doch plötzlich wusste ich, was gemeint war. »Ich dachte, wir wollten nicht mehr über die Beschneidung sprechen!«, schrie ich ihn an.

Stefan fing an laut zu husten und jetzt liefen sogar Tränen über seine Wangen.

Meine Mutter stürzte ins Zimmer. »Beschneidung? Seid ihrr alle verrückt geworden, oder was?« Sie konnte nicht glauben, dass wir das Thema wirklich in Stefans Anwesenheit erwähnt hatten.

Mein Vater ließ sich jedoch nicht aus der Ruhe bringen. »Wieso Beschneidung? Ich habe kein Wort davon gesagt.«

Aber was hatten dann diese hektischen Flecken auf meinem Stefan verursacht, warum war er kurz vorm Ersticken – und was faselte Papa da?

Sıla und Gözde standen im Türrahmen, bereit, jeden Moment wegzulaufen, falls die Situation weiter eskalierte.

Baba setzte seine unschuldigste Unschulds-miene auf und sagte: »Ich habe unserem Gast nur erklärt, was eine kolumbianische Krawatte ist und dass er, im Falle einer Scheidung von dir, auch so eine bekommt.«

Du lieber Himmel! Jeder in dieser Familie wusste, was eine kolumbianische Krawatte war. Wir hatten alle früher mit Begeisterung *Miami Vice* geguckt, na ja, Gözde natürlich nicht, die war zu klein. Aber der Sohn unserer Nachbarn, der genauso alt war sie und die Serie heimlich geguckt hatte, hatte es ihr erklärt: Hals durch-schneiden und Zunge durch den Schnitt zie-hen – voilá, eine kolumbianische Krawatte. Ich war schockiert, dass *Baba* so weit ging.

»Das stimmt doch gar nicht«, meldete sich endlich Stefan zu Wort. »Wir haben nicht einmal übers Heiraten gesprochen, geschweige denn über Scheidung. Ich musste nur unbedingt eine höllisch scharfe Peperoni probieren, weil dein Vater darauf bestanden hat. Außerdem, was soll das sein, eine kolumbianische Krawatte?«

Lautes Gelächter erfüllte den Raum. Dazu ein wohlvertrautes Geräusch: Patsch. Den Klaps auf die Stirn hatte sich *Baba* redlich verdient, fand Mama. Und Stefan war ganz ihrer Ansicht, nachdem ich ihm ins Ohr geflüstert hatte, wie dieser sehr spezielle Schlips gebunden wurde.

»Also schön. Könne wir essen endlich? Wenn noch jemand runterkriegt etwas?« Mama bat zu Tisch.

Im allgemeinen Gemurmel und Geklapper hielt Stefan meinen Arm fest und schüttelte den Kopf. Nein, beim Essen würde ich ihn nicht allein lassen, das machte er mir klar. Also setzte ich mich neben ihn. *Baba* reichte ihm die Schale mit dem Reis und ermunterte ihn zuzulangen.

Ich hatte inzwischen ein ganz gutes Gefühl. Wenn Sie schon anfingen ihn zu quälen, dann hatten sie ihn akzeptiert. Entspannt biss ich in ein Spinatbörek, während meine Familie laut polternd die Gerichte herumreichte.

»Sag mal«, Stefan beugte sich flüsternd zu mir

rüber, »das mit der Beschneidung war doch nicht ernst gemeint? Das war doch bloß ein Scherz, oder?«

Mann, hatte der eine Ahnung. »Ja, mein Schatz. Das war nur ein Scherz.«

Er musste ja nicht alles erfahren – noch nicht.

7
Essen und andere Medikamente

In der Küche meiner Eltern dampft und zischt es und unter ihren wuselnden Händen nimmt unser weihnachtliches Büfett für heute Abend langsam die Form von gefüllten Paprika, Kichererbsenpüree und Butterreis an.

Ich nippe an meinem wer weiß wievielten Tee und stelle entsetzt fest, dass er inzwischen kalt geworden ist. »*Anne,* ich bin immer noch nicht ganz wach und mein Kopf dröhnt so. Kann ich bitte noch einen Tee haben?«

Meine Mutter wird sofort aktiv und nimmt

mir die Tasse weg – wofür ich ihr unendlich dankbar bin. Doch statt eines frischen Tees hält sie mir eine kleine Schale unter die Nase und jegliche Dankbarkeit verfliegt im Nu.

»Hier, probierst du mal.«

Anne hat Milchreis gemacht. Als Kind habe ich den heiß und innig geliebt. Ich habe sogar lange Zeit behauptet, dass meine Mutter den besten Milchreis der Welt macht. Doch leider musste ich diese These revidieren, denn eine Folge meiner türkischen Beharrlichkeit ist, dass ich den Deutschen heiraten durfte, den meine Mutter zuerst am liebsten mit ihrem imaginären Dönermesser filetiert hätte. Eine andere Folge ist, dass meine Mutter Stefan dann so sehr in ihr Herz geschlossen hat, dass sie ihrem vergötterten Schwiegersohn zuliebe die Rezeptur meines Lieblingsgerichts verändert und sie seinem Geschmack angepasst hat. Das bedeutet, dass wir inzwischen mehr Zuckerreis serviert bekommen als Milchreis, denn Stefan mag es nun mal gerne etwas süßer.

»Iss das, meine Kind. Dann geht dir besser«, meint Mama.

Ich verstehe zwar nicht, warum es mir besser gehen soll, wenn ich einen Sirup zu mir nehme, für den zwei Kilo Zucker in einem Liter Milch aufgelöst wurden, aber wie die meisten Türken glauben meine Eltern, dass Essen Probleme löst.

Viel Essen löst Probleme viel schnell – das ist türkische Logik.

Milchreis zum Beispiel besitzt eine ganze Reihe von Heilkräften. Die Milch beruhigt, ist gut für den Knochenbau, der Reis kräftigt die Fingernägel und die Haare, und Zimt senkt den Blutzucker und die Cholesterinwerte. Doch erst in der Kombination entfalten sich beim Milchreis à la *Anne* die wahren Kräfte: Er ist gut für die Seele. Wahnsinn, was so eine türkische Süßspeise alles vermag.

Dabei ist es wirklich nicht so, dass nur meine Eltern an die Macht kulinarischer Medizin glauben. Nein! Der Türke an sich ist dieser festen Überzeugung! Und die steckt ganz tief in einem jeden von ihnen drin. Essen macht glücklich. Und gesund.

Mir persönlich ist dieser Glaube wohl abhanden gekommen – vielleicht ist ein Gendefekt daran schuld oder ich bin zu integriert –, jedenfalls habe ich angefangen zu würgen, als meine Freundin Yasemin in Istanbul vor einigen Jahren gebratenes Igelfleisch gegessen hat. Fleisch von einem putzigen kleinen Igel! Gegen ihre wirklich schlimme Akne. Mit Sicherheit hätte ich danach erst mal Akne bekommen.

Jedenfalls habe ich verzweifelt versucht, sie davon abzuhalten, wir waren gerade im Urlaub dort, aber ein Anruf von Tante Makbule aus Çanakkale hat all meine Bemühungen zunichte gemacht. Sie hat Yasemin eindringlich dazu geraten, weil es bei ihrer Tochter angeblich geholfen hatte. Doch erstens gibt es keinen stichfesten Beweis dafür, dass das Verschwinden der Akne ihrer Tochter auch nur das Geringste damit zu tun hat, dass sie einen armen possierlichen Igel vertilgt hat, und zweitens sieht sie ohne Akne auch nicht schöner aus als vorher. Das arme Tier ist also völlig umsonst gestorben.

Yasemin hat ihre Akne übrigens trotz Igelbraten noch einige Zeit behalten. Und zwar zu Recht.

Ich will gar nicht genau wissen, wie weit dieses türkische Schamanentum geht, aber wahrscheinlich therapieren türkische Psychiater sogar schwere Neurosen mit Kichererbseneintopf oder zweimal täglich Kebab. »Essen Sie das und es bleibt nichts übrig von dieser Krankheit.«

Meine Mutter würde sich gegen solch einen Heilplan bestimmt nicht wehren. Das schließe ich einfach mal aus ihrer Begeisterung für die eigene Milchreismedizin, denn sie hält mir die Schale weiterhin unter die Nase, preist sie an wie ein Basarhändler kurz vor Marktschluss, und mein Vater unterstützt sie mit zustimmendem Nicken.

Ich überlege gerade – wieder einmal –, ob ich

die beiden nicht entmündigen lassen sollte, da
rieselt auch schon ein dunkelbraunes Etwas auf
den mir zugedachten Milchreis.

Der Sultan der Heilkräuter und Gewürze, über
die Grenzen unserer Familie hinaus bekannt für
seine nicht enden wollende Kreativität, was besonders die Verwendung von geschroteten und
naturbelassenen Leinsamen angeht – weil das
schlichtweg ein »Superzeug« ist, hervorragend
für die Verdauung und gegen Wechseljahrbe-
schwerden –, hat einfach eine Hand voll davon in
meinen Milchreis gestreut. Suppe, Salat, Süßspeise – mein Vater ist nun mal der Ansicht, Leinsamen passe nahezu überall hinein.

»Hhhmmm.« Mit diesem Geräusch will der
gute Ali mir wohl in seiner unnachahmlichen Art
suggerieren: »Schmeckt super.«

Ich kann das nicht glauben, vielmehr jedoch
ärgert mich diese selbstherrliche und ignorante
Art, mit seiner Umwelt umzugehen und sie einfach ungefragt mit seinem ganz persönlichen
Geschmack zu berieseln.

Etwas Gutes hat es dennoch: Ich habe jetzt
meiner Mutter gegenüber eine Ausrede, den Zuckerreis zu verschmähen.

»Och *Baba,* frag doch bitte mal vorher, ob ich
das will«, weise ich ihn zurecht. »Das esse ich jetzt
nicht mehr.«

Wortlos wendet er sich ab, eher ungerührt als beleidigt, denn *Baba* hat ein dickes Fell.

Oho! Und einen dicken Bauch, wie mir gerade auffällt. So von der Seite sieht man ihm die zusätzlichen Kilos, über die sich Mama kürzlich heimlich bei mir beschwert hat, deutlich an.

Babas Leidenschaft für die Heilkräfte der Natur bedeutet nämlich nicht, dass er sich ausschließlich Körnern und Gräsern verschrieben hätte. Ganz im Gegenteil, schließlich glaubt er an die Heilkraft von Essen ganz allgemein. Deshalb verputzt er auch so ziemlich alles, was nicht gleich einen Würgereflex beim Homo sapiens auslöst. Wobei sein Magen keine Referenz darstellen kann, denn der hat schon Dinge verdaut, von denen andere Menschen noch nicht einmal ahnen, dass man sie essen kann. Ich mag im Moment nicht einmal daran denken.

Zu Papas Favoriten gehört selbstverständlich Fleisch, da ist er Türke durch und durch, und zwar in allen Variationen: gebraten, geschmort, geräuchert, am Stück, klein gehackt, Hauptsache Fleisch und Hauptsache, es ist richtig viel Saft und Fett dran.

Wenn dieser Ernährungsplan auch keine lahmen Füße oder eingewachsenen Zehennägel heilt, so ist er doch zumindest Balsam für seine Seele. Und für mich eine Gelegenheit, ihn zu piesacken.

»Sag mal, Papa, wenn ich mir so deinen Bauch ansehe, dann hattest du in letzter Zeit aber viele Wehwehchen, oder? Und du hast sie alle mit Lammkoteletts und Börek behandelt …«

Patsch. Patsch.

Uff. Meine Stirn. Das war meine Mutter. Anspielungen auf *Babas* erweiterten Bauchumfang werden offenbar mit zwei Schlägen auf die Stirn geahndet. Wahrscheinlich hat sie ein schlechtes Gewissen, weil sie mir selbst gesagt hat, er müsse abnehmen. Ich schaue sie verkniffen an, halte aber um des Weihnachtsfriedens willen den Mund und beschließe, mich bei anderer Gelegenheit zu rächen.

Stattdessen benutze ich meinen Mund für etwas Wichtigeres: fürs Essen. Ich nehme ein Stück Fladenbrot und stibitze etwas von den Zutaten, die meine Eltern zu Köstlichkeiten für unser Büfett verarbeiten. Herrlich, in meinem Mund vermischt sich der knackig-frische Geschmack der roten Paprika mit dem des mildsäuerlichen Käses – meine Geschmacksnerven feiern ein Freudenfest. Nun sollte ich doch endlich richtig in die Puschen kommen. »So, was kann ich denn jetzt mal tun? *Anne*? *Baba*?«

»Hmmpf, mpf, mmhhh.«

Okay, schon klar. Mama hat bestimmt eine klarere Ansage. »Wirr könne ja jetzt nich. Lass du bitte die Badewasser aus die Wanne raus«, sagt sie zu mir. »*Baba* hat Sitzbad gemacht heute frrüh.«

Uuuh, das wollte ich eigentlich nicht wissen, glaube ich. »Was denn für ein Sitzbad?«, frage ich trotzdem dummerweise.

»Na, weißt du schon!« Die Brauen meiner Mutter zucken nach rechts Richtung Papa, nach links Richtung Bad, nach oben und alles gleichzeitig. Dazu rollt sie wie wild mit den Augen.

Ach du meine Güte, das kann nur eines heißen: Seine Hämorrhoiden sind wieder erwacht. Kein Wunder, bei dem ganzen scharfen Quatsch, den er so gerne isst. Vermutlich ist er deshalb heute auch besonders wortkarg.

O nein, die Hämorrhoiden, und ich muss den Wasserstöpsel rausziehen? Sind die denn wahnsinnig? Natürlich ist klar, dass ich mich um die beiden kümmern werde, wenn sie einmal pflegebedürftig sein werden — alles andere wäre eine Schande für eine türkische Familie —, aber bis dahin könnten sie solche Suppen doch ruhig selbst auslöffeln oder sie zumindest aus der Wanne laufen lassen. Ich stecke meine Hände jedenfalls nicht dort hinein!

So deutlich kann ich ihnen das natürlich nicht sagen, sonst droht unweigerlich die Wir-haben-euch-auch-die-Windeln-gewechselt-Tirade.

Was soll ich nur tun? Vielleicht könnte ich ein Hilfsmittel benutzen. Bloß welches?

Ich muss nachdenken, versuche also Zeit zu gewinnen. »Ist es ein Kamillebad?«, frage ich deshalb. Als ob das irgendeine Bedeutung hätte!

»Nee, Kaliumpermanganat und ein paar geheime Zutaten«, antwortet mein Vater tatsächlich in einem fast vollständigen Satz. Meine Güte, es spricht. Und es neigt wieder mal zur Selbstmedikation.

Eine Tinktur aus der Apotheke reicht natürlich nicht. Mit seinem immensen Fachwissen um die Funktionsweise des menschlichen Körpers im Speziellen und unsere Welt im Allgemeinen hat *Baba* sich ein eigenes Rezept ausgestellt. Was er immer wieder gerne und mit Nachdruck betont.

»Ist super. Ein sehr starkes Oxidationsmittel. Es oxidiert Salzsäure zu Chlorgas.«

Ich finde, das hört sich gefährlich an.

»Beim Verschlucken ist es giftig.«

Aha.

»Aber bei äußerlicher Einwirkung ist Kaliumpermanganat fast gar nicht giftig.«

Wie beruhigend.

»Man macht Desinfektionsmittel daraus. Adstringierendes Desinfektionsmittel. Ich habe das selbst hergestellt.«

Sehr gut, Papa, hast du fein gemacht. Aber, verdammt noch mal, warum hast du den Stöpsel nicht selbst gezogen!

Das denke ich natürlich nur. Ich will ja nicht als undankbares Kind verflucht werden, das überhaupt nichts mehr auf türkische Tugenden wie Respekt vor den Eltern gibt.

»Deine Vater meint, ist auch sehr gut gege Mitesser. Kannst du deine Gesicht reintun.«

Waaaaaas?

Hahahhahahahahahaha! Meine Eltern biegen sich vor Lachen. »Reingefallen bist du, hehe. Hast du geglaubt wirklich, du musst deine Hand reinstecken, ne?«, fragt Mama unter Tränen und Papas hustendes Lachen hört sich an, als würde er gleich ersticken.

Während sich die beiden köstlich amüsieren, kann ich schon spüren, wie sich ein Ekelpickel durch die Haut an die Oberfläche meiner Wange drückt. Dabei kann ich nicht einmal angemessen reagieren, ich bin zu müde und viel langsamer als sonst. Also brumme ich einfach vor mich hin, ganz nach Vaters Vorbild, und verlege mich auf die Vorbereitung von Köfte. Hackfleisch quatscht wenigstens nicht so viel.

Zwei Eier, Semmelbrösel, Petersilie und scharfes Rosenpaprikapulver dazu. Alles in eine Schüssel und zusammenmatschen. Die beiden Verrückten, die gackernd an ihren Gerichten arbeiten – die ignoriere ich einfach. Wo gibt es denn so was? Kaliumpermanganatbäder und Desinfektionsmittel aus eigener Herstellung. Die einzige Person, die meinen Vater in Sachen Selbstmedikation übertrifft, ist meine Tante Fatma, die Frau von Mamas Bruder Yusuf. Denn dort, wo *Baba* die Grenze erreicht sieht, macht Tante Fatma noch lange nicht Halt: Sie schreckt auch vor kleineren chirurgischen Eingriffen nicht zurück. Mein Cousin Burak, ihr ältester Sohn, kann ein Lied davon singen. Dabei ist es schon ein Glücksfall, dass er seine Stimmbänder überhaupt noch benutzen kann, denn Tante Fatma hat ihm höchstpersönlich die Mandeln entfernt. Jawohl, die Mandeln. Sie wissen schon, die Wächter des Immunsystems.

Wofür andere Menschen – Ärzte wohlgemerkt – Antibiotika, Lasertonsillotomie oder die komplette Entfernung per medizinischem Eingriff erdacht haben, da hat Tante Fatma einfach in die Schamanenkiste ihrer türkischen Vorfahren gegriffen, eine ordentliche Prise Salz zwischen Zeigefinger und Daumen genommen, ihrem Sohn in den Hals gelangt und die geschwollenen Mandeln mal eben zerquetscht.

»Ach, immer Arzt gehen, Arzt gehen, warum denn, weshalb?«, fragt Tante Fatma jedes Mal,

wenn wir diese Geschichte einem völlig ungläubig dreinschauenden Menschen erzählen.«So ein
bisschen Mandel drücken, das kann ich auch«,
pflegt sie dann selbstbewusst zu sagen.

Ich denke, sie sollte das Zimmer gleich neben
meinen Eltern bekommen – in der Geschlossenen.

8
Heiraten alla turca

Die Inkubationszeit variiert je nach körperlicher und geistiger Verfassung, aber früher oder später benötigen erstaunlich viele Menschen, die intensiven Kontakt zu meiner Familie pflegen, nervenärztliche Betreuung. Auch Stefan war so weit.

»Wie bitte? Fünfhundert Gäste? Fünf-hun-dert? Seid ihr wahnsinnig?«

Er hustete und klopfte sich selbst heftig auf die Brust, weil er sich verschluckt hatte – und er schwitzte wieder sein inzwischen chronisches Heiratsschwitzen. Ich streichelte seinen Rücken und fächerte ihm Luft zu. Wir saßen in unserer Lieblingskonditorei in Duisburg über der sensationellen schwedischen Apfeltorte, die wir hier so gerne aßen, und leider hatte Stefan von mir erfahren müssen, welche Dimensionen eine durchschnittliche türkische Hochzeit annehmen kann. Dabei würde unsere nicht einmal die größte, die diese Stadt bisher gesehen hatte.

»Das ist der Standard, mein Herz. Viele laden sogar noch mehr Leute ein, aber unsere Hochzeit wird kleiner. Wir kommen vielleicht so auf dreihundertfünfzig Gäste.«

»Ach, doch so klein? Wo bitte schön sollen wir dreihundertfünfzig Gäste menschenwürdig unterbringen und noch dazu satt kriegen? Und vor allen Dingen: Wer soll das bezahlen?« Er versuchte mit Mühe, nicht laut zu werden.

Ich machte mir ernsthafte Sorgen um ihn, er atmete deutlich schwerer als sonst.

»Wer kommt denn da alles? Woher kennst du so viele Leute?«

»*Aşkım,* mein Schatz, da habe ich auch schon deine Gäste mit eingerechnet. Das sind Freunde, Verwandte, Bekannte, Arbeitskollegen ...«

»Wahrscheinlich kommt da jeder Türke hin, dem ihr irgendwann mal versehentlich die Hand gegeben habt!«

Das ist tatsächlich fast richtig, denn türkische

Hochzeiten fallen so groß aus, weil wir niemanden ausschließen und verletzen wollen. Eine Hochzeit ist ein wunderschönes und – in der Regel – einzigartiges Ereignis im Leben eines Menschen, an dem alle teilhaben und dabei sein wollen. Da kann man doch nicht einfach einen Strich unter die Liste machen – »So, alle fünfzig Plätze sind vergeben, Onkel Mustafa und Frau Schröder müssen leider draußen bleiben« –, das geht doch nicht. Demnach hatten wir keine andere Wahl: ohne große Hochzeit keine Eheschließung – das muss man einfach als eine Art türkisches Naturgesetz hinnehmen.

»Das kriegen wir schon hin, *aşkım*. Es gibt da eine ganz eigene türkische Hochzeitswelt, die nie zuvor ein Deutscher betreten hat. Deshalb kennst du sie nicht, aber sie existiert, mit Catering und Sälen, die groß genug sind. Um die Infrastruktur musst du dir also keine Sorgen machen. Die Kosten sind auch überschaubar, wir müssen mit etwa zehntausend Mark rechnen.«

Am Ende sind es doch vierhundert Gäste geworden – und circa sechstausend Mark mehr.

Bevor es allerdings so weit war, mussten wir noch eine andere Kleinigkeit erledigen: Unsere Eltern sollten sich kennen lernen.

Nach Stefans erstem Besuch bei uns zu Hause war dies das furchtbarste Ereignis, das wir beide uns vorstellen konnten. Seine verkrampften Eltern, die ihren ersten Sohn verheirateten, trafen – zum ersten Mal! – auf meine verkrampften Eltern, die ihre erste Tochter verheirateten.

Zur Krönung dieser unglaublich lockeren Zusammenkunft hatte sich Stefans Mutter noch etwas Besonderes einfallen lassen. Zwei Wochen vorher kündigte sie es mir am Telefon voller Stolz und vor Aufregung japsend an: »Ich habe bei unserer türkischen Nachbarin geschellt und mich bei ihr zum Tee eingeladen – ich weiß jetzt alles. Alles über türkische Heiratstraditionen. Wir wissen also, was zu tun ist. Das wird ganz toll.«

Oh. Mein. Gott.

Was konnte diese Nachbarin ihr nur erzählt haben? »Weißt du, Traditionen können von Region zu Region sehr verschieden sein«, erklärte ich. »Ich glaube auch nicht, dass meinen Eltern das so wichtig ist ...« Was hatte sie nur vor? In einigen Gegenden der Türkei legen die Familien zum Beispiel Wert darauf, dass es vor der Verlobung noch eine Zwischenstufe gibt – das Versprechen. Auch dabei werden Ringe getauscht, aber das Paar ist nicht auf Gedeih und Verderb aneinander gekettet, sondern kann sich in dieser Zeit näher kennen lernen und wenn es dann trotzdem nicht passt, dann lassen sie es einfach bleiben, ohne dass das einen Skandal gibt, schließlich hat die Familie mit

Argusaugen darüber gewacht. Ein sehr netter Service, aber Stefan und ich hatten eindeutig keinen Bedarf mehr an Zwischenstufen. Oder was, wenn diese Nachbarin der Ansicht war, dass *başlık parası,* ein Brautgeld, gezahlt werden musste, wie es unter Türken vereinzelt noch getan wurde? In Gedanken sah ich bereits meine Eltern tot umfallen, nachdem meine Schwiegereltern gefragt hatten, wie wir das mit dem Brautgeld am besten regeln, bar oder per Scheck? Ich musste unbedingt verhindern, dass meine zukünftige Schwiegermutter solche türkischen Traditionen zur Anwendung brachte. Doch sie ließ sich nicht abschrecken: »Mach dir mal keine Sorgen, mein Mädchen.«

Die machte ich mir aber allerdings, denn trotz meiner hartnäckigen Fragen wollte sie nicht mit Einzelheiten herausrücken. Es sollte eine Überraschung für mich werden, fand sie. Und ich hatte schon jetzt Angst davor. Vorsichtshalber würde ich also meine Mutter beknien, damit sie sich bitte über alles freute, was meine Schwiegereltern als besonders türkische Traditionen darbieten würden. Doch das war noch nicht alles. Schwiegermama hatte nämlich ganze Arbeit geleistet bei ihrer Kulturrecherche: »Ich weiß jetzt auch, dass die Familie des Bräutigams bei den Eltern der Braut um die Hand der Tochter anhalten muss.« Bedeutungsschwangere Pause.

Allah sei gnädig. Bitte nicht das.

»Deshalb habe ich mir von meiner Nachbarin aufschreiben lassen, was wir sagen müssen. *Allahın emri, peygamberin kavli ile* – im Namen Allahs und mit dem Segen des Propheten bitten wir um die Hand Ihrer Tochter für unseren Sohn. Dein Schwiegervater wird das auswendig lernen und deinen Eltern vortragen. Ich bin sicher, die fallen um.«

Ja sicher, und zwar vor Lachen! Dachte ich. Gesagt habe ich natürlich etwas anderes: »Das ist unglaublich lieb, dass ihr euch derart viel Mühe gebt. Aber das ist wirklich nicht nötig. Ich denke, wir kriegen das auch so hin.«

»Kommt ja gar nicht in Frage. Jetzt wollen wir auch alles richtig machen, nicht wahr, mein Mädchen?« Sicherheit und Lockerheit sollten durch den Telefonhörer klingen, doch ich merkte genau, wie angespannt sie war. Zu Recht, bei diesen Ideen.

Deshalb besuchten Stefan und ich seine Eltern eine Woche vor dem entscheidenden Tag. Vorgeblich, um Kuchen zu essen und Kaffee zu schlürfen, doch in Wahrheit bekamen wir beiden vor Nervosität nichts mehr herunter. Meiner Schwiegermutter ging es wohl nicht anders. Die Ungewissheit, ob sie alles richtig machen würden, gepaart mit Stefans durchaus einschüchternden

Schilderungen von Ali dem Barbaren waren ihr auf den Magen und sonst wohin geschlagen.

»Kommt rein.« Mein Schwiegervater begrüßte uns an der Tür. »Mama ist auf der Toilette. Zum fünften Mal in anderthalb Stunden. Die Aufregung.«

Stefan und ich guckten uns nur besorgt an, als wir langsam auf eine Couch sanken, jetzt machte sie auch schon schlapp, dabei war sie der Kieselhaufen, auf den wir unsere vagen Hoffnungen bauten: *Baba* fiel aus den bereits erwähnten Gründen als vernünftiger Gesprächspartner aus, *Anne* würde viel zu nervös sein, Stefans Vater war fast genauso gesprächig wie meiner – also gar nicht – und somit war die Einzige in der Runde, der wir zutrauten, den formellen Teil ohne größere Unfälle über die Bühne zu bringen, meine Schwiegermama.

»Hallo Kinder.«

Ein Stimmchen hatte das Wohnzimmer betreten. »Noch so eine Woche und ihr könnt mich am Tropf zu Ali und Gül fahren.« Sie ließ sich in einen Sessel fallen.

»Jetzt mach mal keinen Quatsch, Mama. Wir brauchen dich«, flehte Stefan und sein Vater nickte heftig.

»Klar, mein Lieber«, fauchte sie in Schwiegerpapas Richtung. »Du willst dich ja wieder mal raushalten, nicht wahr?« Stefans Mama konnte ihre Augen genauso verwegen verengen wie meine Mutter und mit diesem gefährlichen Blick fixierte sie gerade ihren Mann. »Dir ist schon klar, dass das eigentlich eine Angelegenheit für die Männer der Familien ist?«

Stefans Vater zog nur die Schultern hoch, seine Mutter rollte mit den Augen – super, die würden sich garantiert bestens mit meinen Exemplaren daheim verstehen. Wenn wir doch nur ihre erste Begegnung überstanden hätten!

Die ersten zehn Minuten vergingen wie im Flug. Klingeln, Tür öffnen, lächeln, gegenseitiges Vorstellen, Blumen und einen furchterregend geschmacklos verpackten Geschenkkorb überreichen, sich sehr darüber freuen, Jacken abnehmen, türkische Sitte des Schuheausziehens erklären, dann gemeinsam lachen, weil Stefans Eltern das bei sich zu Hause genauso handhaben – also keine türkische, sondern eine durchaus internationale Sitte –, im Wohnzimmer Platz nehmen.

Dann kam das peinliche Schweigen.

Alle guckten betreten auf die eigenen Füße oder Hände, weil sich zwar alle Gedanken darüber gemacht hatten, wie sie sich verhalten sollten, um keine interkulturelle Krise auszulösen (Stefans Mutter hatte sogar ein Kleid angezogen, was sie sonst ungefähr alle sieben Jahre einmal tut, weil sie das damenhaft fand und für den Besuch bei einer türkischen Familie erforderlich. Meine Mutter dagegen trug eine Hose! Aber auch sie hatte sich gewappnet: Es gab Tee *und* Kaffee), doch niemand hatte festgelegt, wer zuerst sprechen sollte.

Baba hustete. Er war wohl der Ansicht, das Gespräch damit eröffnet zu haben.

Zum Glück habe ich ja eine Mutter. »Sie sehen durrstig aus. Habe ich Kaffee und auch Tee, natürrlich. Wenn Sie wollen, auch etwas Kaltes.«

Stefans Mutter sah erst ihren Sohn an, dann ihren Mann – zwei verstummte Gestalten, die heute hier zur Not auch verdursten würden –, mit denen war kein Staat zu machen und erst recht keine türkische Hochzeit, also übernahm sie das Ruder. »Ich hätte gerne Tee. Wir trinken viel lieber schwarzen Tee. Wie sie, auch zum Frühstück. Wenn mein Mann und Stefan noch sprechen könnten, würden sie wohl ebenfalls einen Tee nehmen.«

Anne lächelte, *Baba* tat etwas Ähnliches – diese Deutschen, die auf Einlass in ihre Familie warteten, waren genauso nervös wie sie selbst, das war doch schon mal sehr sympathisch.

Nach dem ersten Gläschen Tee begann mein Vater unruhig auf dem Sessel hin und her zu rutschen, Stefans Mutter ging es auf dem Sofa genauso, sie schauten sich an und sagten gleichzeitig: »Sie rauchen?«

Elf Sekunden später standen beide auf dem Balkon und boten sich gegenseitig ihre Zigaretten an. Jeder probierte die Marke des anderen. Sie sogen genüsslich an ihren Glimmstängeln und lobten den überaus mediterranen Sommerabend. Abhängigkeit vereint.

Ablehnung genauso, deshalb hatte auch die Nichtraucherfront mit einem Mal Gesprächsstoff. Während Stefan und ich erleichtert die zaghafte Annäherung unserer Eltern beobachteten, schimpfte sein Vater über den Gestank der Aschenbecher, die seine Frau für seinen Geschmack zu selten leerte, und meine Mutter beschwerte sich bei ihm über ihre völlig vergilbten Gardinen. Sie mochten sich. Und die beiden aussätzigen Raucher auf dem Balkon waren sich ohnehin einig, dass Raucher einfach nett und gesellig seien und alle anderen nicht, worauf sie sich gleich noch eine zweite gönnten.

Entweder rauchte Stefans Mutter eine sehr spezielle Tabaksorte, die das Sprechwerkzeug lockerte, oder sie hatte den Knopf gefunden, mit dem man meinen Vater einschalten konnte, jedenfalls plauderte er mit ihr, als würden sie sich schon ewig kennen. Er zeigte ihr den Rosmarinstrauch, den er jetzt seit vielen Jahren pflegte, und versprach, ihr später einen Ableger mitzugeben.

Vielleicht lag es daran, dass Stefans Mutter Lehrerin ist und weiß, wie man mit bockigen und mundfaulen Personen umgeht. Außerdem ist sie eine ausgezeichnete Strategin. »Stefan hat gesagt, Sie interessieren sich für Technik und Werkzeuge. Jetzt raten Sie mal, was mein Mann beruflich macht. Er arbeitet in einer Firma, die große Schmiedehämmer für die Industrie fertigt.«

Flugs hatte sie ihren Mann zum Balkon beordert und ein Gespräch zwischen den beiden eingefädelt, jetzt kam sie wieder zu uns herein. »Übrigens, wenn Sie die Sachen in dem Korb nicht mögen, dann kann ich die gerne umtauschen. Ich bin auch bestimmt nicht beleidigt«, erklärte sie meiner Mutter mit einem verschwörerischen Blick. »Sind alles Kleinigkeiten für den Haushalt. Meine türkische Nachbarin hat mir ein wenig geholfen und sie meinte, das wäre ganz passend.« Ach, das war also die wahnsinnig original türkische Heiratstradition, mit der sie mich überraschen wollte: ein *nişan sepeti,* ein Verlobungskorb voller Geschenke für die Familie.

Anne verstand die Aufforderung und stellte den Korb auf den Esstisch, um ihn auszupacken. Meine Güte, sah der schrecklich aus. Ein ovaler Rattankorb, knapp siebzig Zentimeter lang, ausge-

schlagen mit billigem blauem Samt, die Ränder
mit Stickereien gesäumt, das Ganze eingewickelt
in Zellophan, das sehr geschmackvoll an den
Rändern des Korbes befestigt war – abwechselnd
mit blauen Schleifen und Stoffblumen in Pastell-
rot und Lindgrün, es war zum Schreien.

»Haben Sie sich viel Mühe gemacht, Frau Müller«, sagte meine Mutter. Dass das schön sei, wollte
ihr dann aber doch nicht über die Lippen. Durch
eine kleine Öffnung im Zellophan fischte sie ein
Päckchen mit Platzdeckchen heraus. »Oh, gut,
gut«, freute sich meine Mutter.

Sie freute sich wirklich, denn die waren nicht
handgeklöppelt, wie befürchtet, sondern aus
naturfarbenem Leinen. Sehr dezent und geschmackvoll. Genau wie die kleine Vase, die sie als
Nächstes zutage förderte. *Anne* guckte reichlich
erstaunt. Sie mochte auch die feinen silbernen
Untersetzer und die kleinen Windlichter für den
Balkon. »Frau Müller, das ist alles sehrr schön.«

»Ja? Sie mögen es wirklich? Ich war nicht sicher, wissen sie. Meine Nachbarin meinte, ich
würde die Sachen auch alle in dem Import-Ex-
port-Laden bekommen, aber mehr als diesen
Korb von dort konnte ich auf keinen Fall ertragen! Und das auch nur der guten Frau zuliebe.«

»Ich auch nicht. Ich danke Ihnen.« Meine Mutter war so erleichtert, dass sie Stefans Mutter la-

chend umarmte. Gemeinsam gingen sie raus auf den Balkon.

Die gefährlichsten Klippen waren offenbar umschifft und wir konnten endlich zum gemütlicheren Teil übergehen. Stefan und ich überließen unsere Eltern sich selbst und deckten gemeinsam mit Sıla und Gözde den Tisch.

Als wir alle Gerichte aufgewärmt hatten und die letzten Schüsseln und Schalen ins Wohnzimmer trugen, rief Stefans Mutter beschwingt ins Zimmer: »Und? Wann machen wir denn jetzt die Hochzeit?«

Ich glaube, dass mein Schwiegervater der glücklichste Mensch an diesem Tag war. Glücklicher noch als Stefan und ich. Schließlich hatte er diesen idiotischen Satz nicht aufsagen müssen.

Ein halbes Jahr später ließ ich mir im Wohnzimmer meiner Eltern Lockenwickler ins Haar drehen und die Augenbrauen nachmalen, sodass ich mich beinahe selbst nicht erkannt hätte.

Ich sollte besonders schön aussehen, es war der Tag unserer Hochzeit. Ungläubig, dass wir es bis hierher geschafft hatten, ließ ich die türkische Brautverunstalterin, die angeblich Friseurin und Visagistin war, an mir herumdoktern.

Türkische Friseurinnen bieten diesen speziellen Service bei Hochzeiten an. Nicht das Verunstalten, sondern dass sie ins Haus kommen und die Braut vor Ort stylen! Und wenn sie mit der Braut fertig sind, dürfen sich auch besonders enge Freundinnen und Verwandte derselben bei ihnen verschönern lassen – auf Kosten der Brauteltern, versteht sich.

Meine weibliche Entourage – Sıla, Arzu, Elmas, Frauke, Katja und meine Cousinen Betül und Tülin – war nach meinem Anblick nicht wirklich erpicht darauf, doch sie konnten mein großzügiges Angebot auch nicht ablehnen. O nein! Ich würde heute nicht die Einzige mit Kriegsbemalung sein.

Das Haus war voller Menschen: Freunde meiner Eltern, meine Schwiegereltern, Nachbarn, meine Freundinnen. Alle wuselten in unserer Wohnung herum, redeten laut oder tranken Tee, bügelten ihre Blusen oder zogen sich den Lidstrich nach. Immer wieder zupften ein paar furchtbar tantige Tanten an mir herum und säuselten etwas über meine unschuldige Schönheit.

Ich wusste bereits, dass ich mich später ins Bad zurückziehen würde, um die Schweinelöckchen zumindest ein wenig glatt zu streichen und die vierte Lage Make-up vorsichtig wieder abzutragen. Trotz allem war ich ruhig, denn ich wusste: Am Ende dieses Tages, wenn ich dieses Heiratschaos um mich herum hinter mir hatte, dann durfte ich endlich mit Stefan zusammen nach Hause gehen.

In unser neues gemeinsames Zuhause, wo Stefan bereits wohnte.

Wir waren zwar schon seit vier Tagen standesamtlich getraut, also offiziell verheiratet, aber bis auf die Tatsache, dass wir beide nach der Trauung todmüde vom Hochzeitsstress nachmittags zusammen eingeschlafen waren, jeder auf einer anderen Couch bei meinen Eltern versteht sich, hatten wir nichts weiter Verheiratetes getan. Bis zur öffentlichen Übergabe am Tag unserer Hochzeit hatte ich gefälligst weiter bei *Anne* und *Baba* zu wohnen.

»Du kannst jetzt wirklich nicht mit mir zu uns beiden nach Hause kommen?«, hatte Stefan dackeläugig gefragt, als wir abends im Wohnzimmer aufgewacht waren.

Nein, konnte ich nicht. Der offizielle Auszug der Braut aus dem Elternhaus ist ein unverzichtbarer Bestandteil einer türkischen Hochzeit. Dabei entlässt der Brautvater seine Tochter symbolisch aus seiner Obhut und in einen neuen Lebensabschnitt. Vorher mit Stefan in unsere gemeinsame Wohnung zu ziehen wäre einem Eklat gleichgekommen und den hätte ich so kurz vor der Zielgeraden sicher nicht riskiert. Auch den

Rest dieses türkischen Heiratstriathlons wollte ich regelkonform hinter mich bringen.

Endlich waren wir im Finale.

»Autsch. Stefan! Du zerquetschst meine Finger.«

Wir standen Hand in Hand im Vorraum des Hochzeitssaales, in dem ein Spot auf die Tanzfläche gerichtet war und vierhundert Menschen auf uns warteten. Stefan schwitzte wieder mal. *Ich gehe da nicht rein,* sagten seine Augen.

O doch, sagten meine. Ich bin mir sicher, dass er – wenn auch nur kurz – darüber nachgedacht hat, mich sitzen oder vielmehr stehen zu lassen. Doch genauso sicher hat er sich an meine vielen lustigen Ausführungen zum Thema Trennung und Scheidung bei Türken erinnert. Die meisten hatten mit dem Ableben einer Person zu tun. Und diese Person wäre mit Sicherheit nicht ich. Also riss sich Stefan zusammen. Und wir konnten endlich tanzten.

Wir schwebten geradezu in den Saal, drehten uns um uns selbst, der Saal drehte sich um uns und Stefan drehte sich der Magen um. »Gottogottogott. Die gucken uns alle an, oder?«

Ich strich mit dem Daumen über seine Hand und streichelte seinen Rücken. Das war zu viel türkische Hochzeit für meinen deutschen Mann, das wusste ich. Trotzdem nahm er die Strapazen auf sich. Auch dafür liebte ich ihn.

Nach dem Eröffnungstanz fing der entspannte Teil des Abends für uns an, denn wir hatten unsere Pflicht getan und durften jetzt endlich zum Genießen übergehen. Türkische und internationale Musik von zwei Bands sorgte für Stimmung, wir hatten keine Kosten und Mühen gescheut, um dieses bikulturelle Heiratsevent für beide Seiten schmackhaft und tanzbar zu machen.

Was unsere Freunde sich an Programmpunkten ausgedacht hatten, war dagegen keiner Kultur zuzuordnen. Burak sang den Klassiker »Stand by me«, Elmas und Katja zusammen »Delikanlım« – soweit wir Katjas türkische Aussprache entschlüsseln konnten, Sindi tanzte mit ihren Cousinen einen Flamenco und unsere Freunde Zepp & Schlaffke aus der Punkrockabteilung trugen ein Lied vor, dessen deutsche Worte die meisten Gäste im Saal wohl verstanden, zum Glück aber nicht deren Bedeutung. Der Text war reichlich unanständig und handelte von einem Typen, der in der Badewanne saß, jedoch alles andere tat, als zu baden. Zum Glück durften wir nach diesem wertvollen Stück deutschen Liedgutes das Büfett eröffnen – die Showtalente bekamen eine Pause.

Nachdem die meisten den zweiten Gang an das

Büfett hinter sich hatten, schrumpften die Berge gefüllter Tomaten, Weißkohlrouladen und Börek merklich, was zu einem nicht unbeträchtlichen Teil Stefans Großmutter zu verdanken war.

Allerdings machte sich ihr Gebiss nach der intensiven Beanspruchung langsam selbständig und sie wollte es auf der Damentoilette fixieren. Oma Müller stand also auf, ging drei Schritte über die Tanzfläche und – tätä – stand mitten im Scheinwerferlicht!

Auftritt für den goldgesprenkelten Bauch von Saadet – der Königin der orientalischen Bauchtanzkunst im Ruhrgebiet. Eine Klarinette und frenetischer Applaus begleiteten ihren sich weich windenden Körper.

Oma Müller wusste überhaupt nicht, wie ihr geschah. Woher kam diese halbnackte Frau? Warum glänzte ihr Bauch unanständig golden?

»Huh. Aaah! He! Ja, wo sind wir denn?« Oma Müller schnaufte und schnaubte, sie war empört! Welch ordinäres Weibsbild, sich so zu präsentieren!

Keiner von uns hatte sie in dieses Detail des Hochzeitsprogramms eingeweiht. Warum auch? Für meine Eltern war es selbstverständlich und meine Schwiegereltern hatten einfach nicht daran gedacht. Das hätten sie aber mal tun sollen, angesichts der protestantisch-pietistischen Erziehung von Oma Müller. Als sie anfing, aufgeregt mit den Armen herumzurudern, und manch einer schon dachte, sie wolle mittanzen, packte Stefan sie kurzerhand an den Schultern und schob sie sanft aus dem Saal, zum »Luft schnappen«. Meine entzückende Süßkartoffel! Auch für diese Aufmerksamkeit liebte ich ihn.

Meine innige Zuneigung zu meinem Schatz wurde an diesem Abend nur einmal kurz erschüttert, als nämlich Stefan ein Solo aufs Parkett legte: mit der anderen, der jüngeren Bauchtänzerin.

Meine Mutter hatte nämlich gleich zwei Damen engagiert, weil ihr beide gut gefallen hatten. Zum einen Saadet, Mitte dreißig, mit dem obszön beweglichen Bauch, den schwarz umrandeten dunklen Augen und den feinen anmutigen Bewegungen. Aber auch die zwanzigjährige, sehr schlanke Leyla mit dem roten Nichts als Kostüm war eine Augenweide, wenn sie ein Schwert auf ihre Hüfte legte und es tanzen ließ.

Annes frisch gebackenem Schwiegersohn schien ihre Entscheidung nicht gerade zu missfallen, denn als die rotgewandete Hüfte ihn bebend zum Tanz aufforderte, war der Saal plötzlich nicht mehr zu groß und vierhundert Augenpaare waren nicht mehr zu viel für ihn. Er hatte nicht einmal mit den Augen um meine Erlaubnis gefragt, sondern war sofort aufgestanden und hatte angefangen, seine deutschen Knochen zu orientalischen Rhythmen zu bewegen.

»Ich konnte doch nicht nein sagen vor all den Leuten«, war später seine Ausrede. Ein wenig ungelenk sah er ja schon aus beim Tanzen, aber immerhin sehr euphorisch. Die glühenden Blicke der Bauchtänzerin und der anerkennende Applaus des Saalpublikums waren seine Belohnung, als er sich wieder zu mir setzte.

Von mir bekam er gleich noch einen Bluterguss am Fuß dazu. Hoppla! Irgendwie war mein spitzer Absatz dorthin geraten.

Der Rest unserer Hochzeit verlief aber absolut gewaltfrei, ich schwöre es!

9
Antrittsbesuch in der Türkei

»Es geht schon auf vierzehn Uhr zu«, informiert mich mein Vater und will damit wohl erreichen, dass ich endlich fertig werde mit dem Braten der Frikadellen, denn die sprichwörtliche Bescherung rückt immer näher.

»Kurz vor zwei«, sage ich anerkennend, »Ich habe es also stundenlang mit euch zwei Spezialisten auf ganz wenigen Quadratmetern ausgehalten. Schlimmer kann Gefängnis auch nicht sein.«

»Ja, ja«, ist die Antwort meines Vaters. Und was das heißt, wissen wir alle.

Ein Geräusch unterbricht unsere liebevolle Unterhaltung.

Düdüüt. Düdüüt. Das ist mein Handy. Ich habe eine SMS bekommen. Düdüüt. Düdüüt. Noch eine. Ich sehe nach. Sie sind von meinem Cousin Semih und meiner Cousine Nural aus der Türkei.

»*Selamları var,* ich soll euch ganz lieb grüßen« lese ich meinen Eltern vor. »Sie hocken gerade zusammen beim Essen und wünschen uns schöne Weihnachten.«

»Das ist aber nett«, findet *Baba,* »dass sie daran denken.«

Das finde ich auch. Sie haben Stefan, den deutschen *enişte,* ihren »Schwager«, so sehr lieb gewonnen, dass sie versuchen, auch die deutschen Feiertage im Blick zu haben.

Mit so viel Entgegenkommen hätte ich nicht gerechnet, als wir ein Jahr nach unserer Hochzeit zu meinen Verwandten in die Türkei flogen, um ihnen Stefan vorzustellen. Sie hatten ja leider nicht dabei sein können, wegen der zu hohen Kosten für sie. Gehofft hatte ich es schon, dass sie ihn mögen würden, doch man weiß ja nie.

Stefan war vorher so aufgeregt gewesen, dass er gar nichts zu hoffen wagte, dafür aber mit allem rechnete.

Völlig apathisch saß er im Flugzeug. Ich konnte seine Gedanken lesen. Ich konnte sie sogar hören. Sie sagten: »Miep, miep, miep …« Genau wie Beaker, der Assistent von Prof. Dr. Honigtau Bunsenbrenner aus der *Muppet Show,* der sich angeblich immer freiwillig bereit erklärt, dessen lebensgefährliche Experimente auszuprobieren. Beakers verdrehte, angsterfüllte Augen sagen zwar etwas ganz anderes – und sein hysterisches miep, miep, miep erst recht –, trotzdem muss er dran glauben.

Ungefähr genauso freiwillig erschien mir Stefans Bereitschaft, mit nach Ankara zu fliegen, von wo aus wir weiter nach Eskişehir wollten. In wenigen Stunden sollte er dort den türkischen Ableger meiner Familie kennen lernen, und Stefan hatte bereits die richtige Einstellung. »Wenn die alle nur halb so laut und rabiat sind wie deine Familie hier«, verkündete er noch vor unserer Abreise, »dann kannst du mich gleich per internationalem Krankentransport wieder nach Hause schicken.«

Mit anderen Worten: Er freute sich wahnsinnig.

Um ihm die Angst vor der barbarischen Verwandtschaft zu nehmen, erzählte ich munter drauflos, wen er alles kennen lernen würde. Da war vor allem erst einmal Opa Mustafa, mein Großvater väterlicherseits, mein *dede,* der einzige von meinen Großeltern, der noch lebte und der mit die besten Suppen der Welt kocht. Das mit den Suppen fand Stefan zwar ganz sympathisch, doch wirklich beruhigt war er nicht, denn immerhin war der Mann der Vater von Ali dem Barbaren. Wer wusste schon, was das für ein Kaliber war?

Aber auf meine Cousinen konnte er sich durchaus freuen, die sind echte Schätzchen: die kleine quirlige Aysel, die meiner Mutter zum Verwechseln ähnlich sieht, oder die drahtige Nural, unsere Spitzenathletin, die neben ihren Jobs als Sportlehrerin und zweifache Mutter auch noch die Leichtathletikmannschaft ihrer Schule und den Aerobickurs im örtlichen Luxushotel betreut. Ayten, Mehmet, Volkan, Emine, Hülya, Feridun und all die anderen hatten Stefan bisher nur auf Fotos gesehen und waren furchtbar neugierig auf ihn.

So sehr, dass Nural und ihr Mann Şefik es sich nicht hatten nehmen lassen, über zweihundert Kilometer von Eskişehir nach Ankara zu fahren, um uns vom Flughafen abzuholen.

Die Begrüßung dort setzte den Maßstab für die kommenden zehn Tage.

»*Aaaaayy geldiler* – Sie sind da!«, brüllte Nural einmal quer durch die Ankunftshalle und stürzte auf uns zu.

Şefik hatte Mühe mitzuhalten.

Auch sein Kopf wackelte unentwegt hin und her, als er seiner Frau zusah, wie sie uns am Flughafen begrüßte.

Nural sprang mich begeistert an, worauf erst mein Koffer umfiel und dann ich. Während ich schon die blauen Flecken spürte, die an meinem Oberschenkel und der Hüfte erblühen würden, half Nural mir wieder auf und wünschte, dass Gott uns nicht bestrafen möge, obwohl wir sie über ein Jahr auf diesen unseren Besuch hatten warten lassen.

Stefan stand die ganze Zeit neben uns und schüttelte den Kopf, als wollte er sagen: »Ich hab's doch gewusst. Die hier können sich auch nicht zügeln, das liegt bei euch in den Genen.«

Erst jetzt wandte sich Nural grinsend zu ihm um. »*Lan Sınk, ne bakıyon öyle süt dökmüş kedi gibi?*«

Stefan grinste zurück und fragte mich: »Was hat sie gesagt?«

Nural und Şefik sahen mich gespannt an. »Och, sie hat dich bloß Bohnenstange genannt und wollte wissen, warum du guckst wie eine Katze, die ihre Milch verschüttet hat.«

Ich hatte noch nicht zu Ende gesprochen, da machte es auch schon Patsch. Nural hatte Stefan einen liebevollen Klaps auf die Stirn gegeben.

»*Hoşgeldin enişte.*« Sie grinste ihn frech an.

»Schatz, sie heißt dich herzlich willkommen«,

übersetzte ich schnell, doch das hatte er wohl schon der Standard-Familienbegrüßung entnommen.

»Na, dann sag ihr mal, dass ich mich auch wahnsinnig freue.«

Die Begrüßung der Männer fiel zu Stefans Erleichterung deutlich unspektakulärer aus.

Ich war sicher, wir würden die nächsten zehn Tage viel Spaß haben.

Die rund dreieinhalbstündige Fahrt nach Eskişehir überbrückten Nural und ich auf dem Rücksitz mit Lachen und Kreischen, während sie mich auf den neuesten Informationsstand über unsere Verwandtschaft brachte. Meine Cousine Kadriye war schwanger und mein Cousin Kenan wollte sich demnächst verloben.

Stefan saß auf dem Beifahrersitz und ließ sich – notgedrungen – von Şefik unterhalten. »Aay spiik a littil Inglish, majne Froind«, erklärte der Mann meiner Cousine schelmisch.

Ich freute mich, dass er sich Mühe gab, irgendwie mit Stefan zu kommunizieren, beschloss aber gleichzeitig, endlich einen Brief an das türkische Bildungsministerium zu schreiben, damit sie besser keinen Englischunterricht mehr erteilten als einen, der solche Folgen hatte.

Doch Şefik beherrschte angeblich nicht nur Englisch. »Hehe, and ihh sprekke eine bisken

Doitsch. Jaaa. Ihh kann sagge Aschlok. And Schwajn.« Şefik lachte uns beinahe in den Gegenverkehr, so viel Spaß hatte er an seinen Fremdsprachenkenntnissen.

»You know what?«, meinte darauf Stefan, »I speak a little turkish. I can say: *Senin Anan güzel mi?*«

Şefik war sprachlos. Mit derart profunden Kenntnissen der türkischen Sprache hatte er nicht gerechnet. Dafür konnte sich Nural jetzt nicht mehr halten vor Lachen, sie prustete und hustete und gab Şefik einen spöttischen Klaps auf den Hinterkopf, was uns beinahe schon wieder in den Gegenverkehr befördert hätte. Dabei hatte Stefan Şefik nur auf Türkisch gefragt: Ist deine Mutter eigentlich schön?

Wenn man bedenkt, dass dem Türken an und für sich die Mutter heilig ist und er sie zur Not mit seinem Leben verteidigen würde, oder zumindest mit dem Leben desjenigen, der ihren Namen beschmutzt hat, dann ist das doch eine recht gewagte Frage. In diesem Fall allerdings ist sie nicht wörtlich zu verstehen, sondern eher als eine Redensart, als eine Ansage an Menschen, die sich anderen gegenüber ein bisschen zu viel herausnehmen, so nach dem Motto »Jetzt ist's aber gut, Kollege«. Es war also klar, dass Stefan bloß einen Spaß gemacht hatte. Ein Spaß, der zum

Glück nicht ins Auge ging – sondern direkt ins Herz von Şefik und Nural. Sie mochten diesen deutschen *enişte,* der sogar türkische Sprüche klopfen konnte.

Als wir in Eskişehir vor der Parterrewohnung meiner Cousine Aysel aus dem Wagen stiegen, hörten wir laute Stimmen von drinnen. Verdammt viele laute Stimmen.

Nural deutete mit dem Kopf in Richtung Wohnung. »Alle sind hier, sie wollen euch sehen, euch und das Spiel.«

Bei dem Wort »Spiel« ging die Sonne in Stefans Gesicht auf. Hertha BSC spielte heute in der ersten Runde der Champions League gegen Galatasaray Istanbul, und zwar in Istanbul, und das wollte er sich auch auf keinen Fall entgehen lassen.

Ein deutsches Team spielte gegen ein türkisches, der einzige Deutsche, soweit das Auge reichte, war mein Göttergatte und sowohl er als auch meine Verwandten sind groooße Fußballfans. Aus diesem Grund war mir bei dem Gedanken an die mögliche Gruppendynamik nicht ganz wohl. Vor allen Dingen wollte ich nicht schon nach einem Jahr Witwe werden.

Stefan dagegen fand es toll. »Superverwandtschaft«, freute er sich, dabei hatte er noch keinen von denen da drinnen zu Gesicht bekommen.

170

Das sollte sich sogleich ändern. Wir klingelten.
Ein Poltern und Rempeln hinter der Wohnungstür, jemand rief »*Geldiler* – sie sind da« ins Stimmengewirr, dann flog die Tür auf. Sechs Leute drängelten sich im Türrahmen, drinnen erahnte ich mindestens noch mal so viele. Zwei direkt vor unserer Nase fingen gleich an zu fluchen, weil ihnen jemand auf den Füßen stand, und die anderen quasselten alle durcheinander: »*Nihayet* – endlich, *hoşgeldiniz* – Willkommen, *yorgunsunuz* – ihr seht müde aus, *bak sen, geldi gavurlar* – sieh an, die Ungläubigen sind da.«
Letztere Frechheit stammte natürlich von Semih, dem unverschämt süßen Sohn meiner Cousine Aysel. Mit seinen strubbeligen dunkelblonden Haaren und der Nickelbrille wirkte er deutlich jünger als achtzehn und verhielt sich auch häufig so. Dafür kniff ich ihn gleich mal zur Begrüßung ordentlich in die Wange.
Während ich in die Wohnung stolperte, simultan dolmetschte und umarmte, stellte ich Stefan die versammelte Verwandtschaft vor. »Das ist Feridun, Aytens Mann, er spielt Schlagzeug und ist Ringer. Ja, du kannst ihn ruhig umarmen, aber pass auf, er hat eine ziemlich feuchte Aussprache. Das hier ist Cousinchen Emine, eine Seele von Mensch, macht die weltbesten gefüllten Weinblätter. Ach ja, ihr Mann Özdemir hier ist Jäger,

171

wir können uns eigentlich sehr gut leiden, kriegen aber jedes Mal Streit, wenn er mir wieder mal Wachteln serviert, was ich überhaupt nicht ausstehen kann, weil die mich an unseren Wellensittich von früher erinnern.«

Stefan wurde gedrückt und geküsst, dass es für die nächsten elf Jahre gereicht hätte, wobei ihm die meisten der Anwesenden nur bis zur Brust reichten und deshalb wie wild an seinem Nacken zerrten, um an seine Wangen zu gelangen. Er war völlig überfordert von den vielen Ausrufen in allen Tonlagen, er sei ja so nett, meine Güte und so groß. Nural knuffte ihn zwischendurch in die Seite, jemand sagte *enişte* und *canım,* was Stefan verstand und mit seinem schönsten Lachen beantwortete, obwohl er jetzt schon das Gefühl hatte, dass ihm mindestens ein Nackenwirbel herausgesprungen sei.

Nur eine hielt sich die ganze Zeit über ein wenig abseits und beobachtete das Treiben argwöhnisch: Tante Ferya.

Die personifizierte schlechte Laune. Die Frau mit den herabhängendsten Mundwinkeln, die die Evolution je hervorgebracht hat, Angela Merkel ist ein Smiley dagegen. Da stand sie, zupfte unruhig an ihrem Kopftuch herum und beobachtete mit strengem Blick, wie dieses unkritische Pack dem Fremdling um den Hals fiel.

Ich wusste ja, was sie noch umtrieb, außer dass sie fremdelte: Der neueste Familienzuwachs war ein ausgewachsener Ungläubiger! In ihren Augen jedenfalls. Dabei war Stefan doch evangelisch getauft und dem Koran nach nur ein Andersgläubiger!

Aber »anders« ist in der Denkwelt von Tante Ferya nun mal ein Schimpfwort. Als sie bemerkte, dass ich sie musterte, setzte sie ein Lächeln auf, nun ja, zumindest eine Grimasse, die sie dafür hielt, und steuerte mit offenen Armen auf mich zu. »*Hoşgeldin kızım.*« Ihre Worte waren an mich gerichtet, ihre Augen ruhten auf Stefan.

Ich umarmte sie kurz und stellte ihr dann meinen Mann vor. »*Bak Teyze, bu eşim,* Stefan.«

Tante Ferya sah ihn an, als ob sie sich vergewissern wollte, dass er nicht beiße. Schließlich lächelte sie auch ihn an und nahm ihn in den Arm.

Meine Güte, dafür, dass er ein Ungläubiger war, drückte sie ihn aber lange.

Moment mal. Was tat sie denn da? Ich wusste ja, dass sie ziemlich merkwürdig war ... roch sie da etwa gerade an ihm?

Ja, tatsächlich. Tante Ferya schnupperte unauffällig an meinem Mann!

Semih bemerkte es ebenfalls und flüsterte mir zu: »Du weißt doch, was sie über den Zusammenhang von Schweinefleisch und Eifersucht denkt? Ja? Nun, jetzt ist ihr zu Ohren gekommen, dass Menschen, die Schweinefleisch essen, merkwürdig riechen. Ich denke mal, sie versucht genau das herauszufinden.«

Bevor ich irgendwas dazu sagen konnte, brach ein großer Tumult aus. Das Spiel sollte gleich beginnen, schnell, schnell, alle vor den Fernseher, und her mit den Knabbereien.

Endlich ließ Tante Ferya Stefan wieder los, sie war sichtlich unzufrieden, wahrscheinlich roch er nicht merkwürdig genug.

Halb drei an Heiligabend und ich tagträume in der Küche meiner Eltern herum! Türkei schön und gut, aber ich habe ja auch Verwandtschaft hier – deutsch und türkisch, angeheiratet und unfreiwillig – und die wird schon bald, nämlich gegen achtzehn Uhr, bei uns anrücken.

»Wie sieht es aus, *Anne*? Ich muss gleich nach Hause und da auch noch was machen.«

Meine Mutter reicht mir zwei große Vorratsdosen, in die ich den Bohnensalat und die Frikadellen füllen soll. »*Hadi hadi, çabuk çabuk*!«, treibt sie mich an und sie guckt dabei genauso streng, wie ihre ältere Schwester, Tante Ferya, es beinahe ständig tut. Doch das würde ich nie wagen auszusprechen, denn ich fürchte, dass *Anne* mir dann nicht nur mit der flachen Hand auf die Stirn

schlagen würde. Der Pfannenwender, mit dem
sie gerade ganz vorsichtig die gebackenen Auber-
ginenscheiben aus dem heißen Öl holt, kann in
ihrer Hand zu einer sehr gefährlichen Waffe werden.

Eine winzig kleine Ähnlichkeit zwischen den
beiden Schwestern war auch Stefan bei unserem
Besuch damals in Eskişehir aufgefallen, »doch es
ist wirklich nur die Gesichtsform«, betonte er.
Meine Tante war ihm nicht geheuer. Wir brauchten uns allerdings auch nicht weiter mit ihr zu
beschäftigen, denn die Aufregung um unseren
Antrittsbesuch war der noch größeren Aufregung um das Spiel gewichen, alle drängten laut
schnatternd ins Wohnzimmer und Tante Ferya
verließ kopfschüttelnd den Raum.
    Während meine Cousinen und ich Börek und
Tee auf kleine Beistelltischchen verteilten, suchte
sich jeder einen Platz vor dem Fernseher – auf
den Sofas, auf Sitzkissen und auf dem Teppich.
Stefan wiesen sie den Ehrenplatz auf dem be-
quemsten Sessel zu, schließlich war er zum ersten Mal hier. Außerdem – so Feridun – bekämen
die Deutschen gleich so was von eins auf den
Deckel von Galatasaray, da sollte der neue *enişte*
wenigstens bequem sitzen. Großes Gelächter
ringsum.

Stefan hatte den Spott richtig gedeutet, das ließ er nicht auf sich sitzen. »Lach du mal, mein Lieber«, sagte er auf Deutsch und klopfte Feridun dabei herablassend auf die Schulter. »Wenn Hertha euch gleich die Hütte voll ballert, bleiben dir die deutschen Pralinen, die ich euch mitgebracht habe, im Hals stecken.«

Ich musste in dem Trubel kurzzeitig den Verstand verloren haben, denn ich übersetzte, ohne darüber nachzudenken, alles, was Stefan von sich gab – auch das.

Türkische Ohs und deutsche Ahs flogen durch den Raum, es wurde in die Hände geklatscht – die Fußballlehre der versammelten Männchen kam zum Tragen. Wer die Lieblingsfußballmannschaft eines Türken beleidigt, der kann auch genauso gut seine Mutter beleidigen.

Beides hat Kreuzzüge mittleren Ausmaßes zur Folge.

Nach Stefans Reaktion zu urteilen, gilt das aber auch für deutsche Männer.

Schnell formierten sich die Fußballfronten und glücklicherweise war Stefan nicht allein mit seiner Sympathie für die Herthaner: Semih und Özdemir waren eingefleischte Fans von Fenerbahce Istanbul und die spucken auf den Erzrivalen Galatasaray. Mein Mann würde also nicht alleine sterben, falls es hier später richtig ernst wurde.

Es folgten diverse gegenseitige Beschimpfungen als Vaterlandsverräter und Weicheikicker und los ging's.

Anstoß. Jede Bewegung auf dem Platz wurde kommentiert, sogar die der Grashalme. Und zwar in einem zweisprachigen Kanon:

»*Hop dedik, yavas, ne tekme atıyo sualman.*«

»Ach Gottchen, der sterbende Schwan!«

»*Gol atsana.*«

»Das war doch Abseits!«

»Aschlok!«

Die Anwesenden warfen mit Wörtern um sich und zwischendurch auch mit allerhand Kleinkram. Eine Streichholzschachtel traf Semih am Kopf, ein Kissen stoppte Emine mit ihrer markanten türkischen Nase, und als das kleine Holzschälchen Nural nur deshalb verfehlte, weil sie sich rechtzeitig duckte, bekamen Feridun und Özdemir einfach beide einen Klaps auf die Stirn; sie beschuldigten sich nämlich gegenseitig, der Verursacher zu sein.

In der zwölften Spielminute wurde es plötzlich laut und leise zugleich: Laut wurde es im TV, denn der Kommentator brüllte: »Tooooooooor!«

In Aysels Wohnzimmer wurde es dagegen ganz leise. Wer hatte das Tor geschossen? Keiner hatte aufgepasst, weil alle damit beschäftigt waren, sich mal wieder laut und rabiat zu gebärden.

Dann hüstelte jemand.

Stefan. »Ähäm. Öhö.«

Er rutschte in seinem Sessel umher, der mit einem Mal gar nicht mehr so bequem schien. Schließlich brach es aus ihm heraus. »Jaaaaaa! 0 : 1!« Stefan, Semih und Özdemir klatschten sich ab und freuten sich wie kleine Kinder. Michael Preetz hatte ihn reingemacht.

Wenn Blicke Fladenbrote wären, wir hätten die nächsten drei Jahre genug zu essen gehabt. Stefan wurde geradezu unter einem türkischen Bäckereierzeugnisberg begraben.

Mein Gott, es war doch nur ein dämliches Tor, durchfuhr es mich panisch, und vorhin konnten sie ihn doch alle so gut leiden.

»Jetzt seid mal nicht so traurig, ihr macht bestimmt gleich auch eins.« Verzweifelt versuchte ich die Wogen ein wenig zu glätten. Und tatsächlich: Die bösen Blicke wichen unwirschem Gemurmel, Feridun kündigte den sofortigen Ausgleich an — wir würden schon sehen, die Rache Galatasarays würde schrecklich sein.

»Tooooooooooooooooooor!« Der Fernseher brüllte uns alle an.

Es war doch gerade mal eine Minute vergangen seit dem 0 : 1. Wir hatten uns noch gar nicht wieder auf das Geschehen auf dem Rasen konzentrieren können.

»*N'oldu* – was ist passiert?«, wollte Tante Ferya, inzwischen neugierig geworden, nun wissen.

Na, ganz einfach: Dariusz Wosz hatte für Hertha das 0 : 2 geschossen. Allerdings konnten sich darüber nicht einmal Stefan und die beiden Vaterlandsverräter freuen. Das war für die Galatasaray-Anhänger unter uns beim besten Willen zu viel der Schmach in zu kurzer Zeit.

Stefans langer deutscher Körper wurde in der Zwischenzeit von tödlichen Blicken durchsiebt und ich hatte zum ersten Mal in meinem Leben das Gefühl, ernsthaft Migräne zu bekommen.

»Schatz, willst du nicht mal ein paar von den Champagnertrüffeln rumgehen lassen, die wir mitgebracht haben?«, versuchte Stefan zu retten, was im Grunde kaum noch zu retten war. »Ich glaube, jetzt wäre ein guter Zeitpunkt dafür.« Er wusste, wie meine Familie in Deutschland funktionierte, da würden diese türkischen Verwandten auch nicht anders ticken – mit edler Schokolade ließen sich bestimmt einige ihrer Wunden heilen. Gute Idee!

Mit der süßen Ablenkung und der empörten Ablehnung durch Tante Ferya – igitt, Alkohol! – brachten wir es ohne größere Zwischenfälle bis zur dreiundzwanzigsten Minute. Endlich erlöste uns Hakan Şükür von den größten Schmerzen, der Anschlusstreffer für Istanbul war gefallen.

Stefan sprach den Erlösten – ohne Worte, dafür jedoch mit besonders viel Respekt im Blick – seine Anerkennung aus. Das brachte ihm ein gutes Glas schwarzen Tees ein und seine Sympathiewerte rückten immerhin wieder in einen messbaren Bereich. Das war ja gerade noch mal gut gegangen, *Allah'a şükür* – Gott sei's gedankt.

Grenzenlos wurde meine Dankbarkeit – und ich bin mir sicher auch die von Stefan –, als Galatasaray fünf Minuten vor Schluss einen Elfmeter zum Ausgleich verwandelte. Langfristig gesehen war Stefan die Zuneigung meiner Verwandtschaft doch wichtiger als der heutige Sieg von Hertha BSC. Außerdem gab es ja noch ein Rückspiel. Und das würden wir längst wieder in Sicherheit bei uns zu Hause in Duisburg gucken.

Nach dem salomonischen 2 : 2 überkam uns die Müdigkeit. Nural und Şefik hatten ein Einsehen und boten an, uns zu meinem Großvater zu fahren, wo wir übernachten sollten.

»*Yarın sabah kahvaltıya geliyorsunuz. Yolarım yoksa.*« Mit diesen Worten lud uns Aysel in letzter Minute noch zum Frühstück am nächsten Morgen ein. Wir würden in jedem Fall kommen, denn andernfalls wollte sie uns zerrupfen. Ich schwöre es. Das hatte sie wortwörtlich gesagt.

Bei meinem Großvater mussten wir gar nicht erst klingeln. Er hatte auf seinem Balkon im neunten Stock gesessen, eine Suppe geschlürft und auf uns gewartet. Den Aufzug hatte er uns auch schon mal runtergeschickt. Wir wuchteten unsere Koffer über die Türschwelle und standen vor einer weißhaarigen, deutlich älteren und schmaleren Ausgabe meines Vaters.

Mit geschlossenen Augen nickte mein Großvater Stefan und mich herein, als wir zum ersten Mal vor seiner Tür standen. Ich umarmte ihn und war wie immer erstaunt, wie fit er aussah für seine neunundsiebzig Jahre. Ich wollte Stefan gerade in aller Form vorstellen und ihm übersetzen, was *Dede* gesagt hatte, als Großvater wieder zu sprechen begann. Ich konnte bloß nicht richtig verstehen, was er da von sich gab.

»*Hello, my son. I am the grandfather. My name is Mustafa and I live here alone.*«

Stefan reichte ihm die Hand und ich versuchte in der Zwischenzeit meinen Mund wieder zu schließen. Was brabbelte er da?

»*Nice to meet you.*« Das war jetzt Stefan.

Und dann wieder *Dede:* »*Nice to meet you, too.*«

Ich versuchte es wirklich, aber ich bekam den Mund einfach nicht wieder zu.

»Hör mal, du hättest mir ruhig sagen können, dass dein Großvater Englisch spricht«, sagte Stefan auch schon. »Ich hatte ja befürchtet, dass wir uns überhaupt nicht verständigen können. Das ist doch jetzt toll.«

Das fand ich allerdings auch. Da wandelte ich nun seit über zweiundzwanzig Jahren auf diesem Planeten und hatte meinen *Dede* weiß Allah wie oft im Urlaub besucht und wusste bis zu diesem Moment nicht, dass er Englisch konnte. Erst mein deutscher Mann hatte diese Sensation ans Tageslicht gebracht.

Stefan war regelrecht euphorisch, weil er ohne Probleme mit meinem Großvater würde sprechen können. Prompt ließen die beiden mich in der Diele stehen, gingen raus auf den Balkon und plauderten munter drauflos. Schön, dass sie sich mochten, aber davon schleppten sich unsere Koffer leider nicht in das Zimmer, in dem wir schlafen sollten.

Also schleppte ich sie. Ich deckte das Bett auf und ließ frische Luft herein, nach diesem aufregenden Tag würde ich bestimmt schlafen wie ein Stein. Als ich auf den Balkon kam, stürzte mein knallrot angelaufener Stefan mit Schweißperlen auf Stirn und Oberlippe gerade ein Glas Wasser herunter. *Dede* stand unbeteiligt neben ihm und machte ein Gesicht wie sonst nur mein Vater. Es soll meist völlige Unschuld darstellen.

»*Dede, n'oldu burada*?« Ich wollte von meinem

Großvater sofort hören, was da gerade passiert war. Immerhin ahnte ich, dass er meinem *Baba* ein guter Lehrer gewesen war, und Stefan sah im Moment nicht so aus, als könnte er etwas zur Klärung der Situation beitragen.

Ach, was sollte schon sein. Er hatte Stefan nur die Hühnersuppe probieren lassen und in der war dann doch eine Messerspitze zu viel Peperoncino drin für den deutschen Geschmack.

Wieder einmal hörte ich Stefans Gedanken. Sie hatten Beakers Stimme: Miep, miep, miep.

10
Als Tourist in der Türkei

Das Schuften hat sich gelohnt, die meisten Gänge unseres orientalischen Weihnachtsmenüs sind endlich fertig.

Baba schneidet nur noch eben Petersilie klein, um die Vorspeisen damit zu dekorieren. Einiges haben Mama und ich bereits auslaufsicher verpackt, schließlich soll das Essen noch die Fahrt zu mir überstehen. Ich muss mich sputen, um die Arbeiten bei mir zu Hause beaufsichtigen und endlich meine gefüllte Pute in Angriff nehmen zu können.

»Hast du daheim auch gute Salz- und Pfefferstrreuer auf Tisch?«, will *Anne* nebenbei wissen.

»Äh ja, ich glaube schon«, antworte ich unsicher, denn beschwören würde ich jetzt nicht, dass die ihrer Vorstellung von »gut« entsprechen.

»Dann nimmst du lieber diese mit.« Meine Mutter hält mir eine komplette Menage hin, mit zwei Kristallfläschchen für Essig und Öl und zwei Streuern.

»He, das haben wir dir doch aus unserem ersten Türkeiurlaub mitgebracht.« Ich erinnere mich genau daran, denn das war gleich im Anschluss an unseren ersten Verwandtenbesuch gewesen. Danach hatte Stefan Urlaub dringend nötig gehabt.

»Ein offenes Magengeschwür und Ohrenkrebs.« So lautete nämlich seine Eigendiagnose nach einer Woche Urlaub bei meinen Verwandten.

»Ich will hier sofort weg und ans Meer!«, eröffnete er mir am achten Tag unseres Türkeiaufenthaltes. »Wenn ich auch nur noch einmal irgendwas Scharfes essen muss, sterbe ich. Ich werde bloß noch gedünsteten Fisch zu mir nehmen und das lauteste Geräusch soll das Rauschen des Meeres sein. Aysels und Nurals Stimmen stoßen in Frequenzbereiche vor, die geradezu unmenschlich sind.«

Er übertrieb natürlich maßlos, ich fand sogar, dass er beinahe arabesk dramatisierte. Es war doch bisher sehr nett gewesen bei den Einladungen zu Emine und Özdemir, Aysel und Ziya, Hülya und Murat, bei Ayten und Feridun, bei deren Freunden, Nachbarn und Schwippschwagern und auch überall sonst, wo wir wie üblich in Bataillonsstärke mit sämtlichen Neffen und Nichten und angeheirateten Großtanten angerückt waren. Natürlich kann es da schon mal ein bisschen lauter werden. Schließlich muss man sich akustisch durchsetzen gegen diese Menge.

Unabhängig davon war ich jedoch einem erholsamen Strandurlaub auch nicht gerade abgeneigt. Außerdem sollte mein Mann ebenfalls endlich in den Genuss des unvergleichlichen Vergnügens eines Türkeiurlaubs kommen: Geschichte und Gastronomie, Landschaft und Leute. Ich war mir sicher, er würde es lieben. Also, auf nach Ölüdeniz!

Als wir nach einer langen, ruhigen Fahrt über Nacht frühmorgens aus unserem Mietwagen ausstiegen und in die malerische Bucht blickten, seufzte Stefan und sagte: »Wir haben uns verfahren, *aşkım*. Wir sind im Paradies gelandet.«

Wie recht er hatte. Für diesen Ort muss sich der liebe Herrgott besonders viel Zeit genommen haben. Er hat weiche grüne Hügel geformt, strahlend weißen Sand gemahlen und tiefblaues Wasser angerührt. Fertig ist die schönste Postkarte der Türkei.

Was wir von hier aus jedoch nicht erahnen konnten: Wir waren auch in der Welt von Mahmut Demir gelandet.

Mahmut Demir, ein durchtrainierter Mann von knapp fünfundfünfzig Jahren, dessen grauer Haarkranz eine dunkelbraune Glatze umschloss, war der Besitzer des *Türk Otel*. Er führte das Haus, in dem wir wohnen wollten, gemeinsam mit seiner Frau und seinen beiden Töchtern. Nural und Şefik waren schon einmal hier gewesen und hatten es uns empfohlen.

In der Welt von Mahmut Demir, dessen strenger Zug um den Mund mir sofort aufgefallen war, hatte alles seine Ordnung. Die Betonung liegt auf »seine«. Herr Demir, was übersetzt »Eisen« bedeutet, war einst Offizier der türkischen Armee gewesen und hatte sich für die Zeit nach seiner Pensionierung andere Menschen gesucht, die er befehligen konnte: die Gäste seines Familienhotels.

Bereits beim Einchecken stellte er in – wohlgemerkt deutschem – Befehlston klar, wer hier in der nächsten Woche das Sagen hatte. »Schlüssel immer abgeben. Frühstückzeit siehe Aushang. Keine Palaver auf Zimmer. Oben ohne am Pool

verboten.« Wahrscheinlich drohte bei Zuwiderhandlung standrechtliche Erschießung.

»Jetzt Pässe her.« Dass wir unsere Daten ange-
ben mussten, war klar, Name, Adresse und so weiter – bei dem sonnigen Gemüt von Herrn Demir vielleicht auch noch die Blutgruppe –, aber
der Oberkommandierende hier vor uns zog
doch allen Ernstes unsere Pässe ein, und zwar für
die Dauer unseres gesamten Aufenthaltes. »Zu
gefährlich. Vielleicht verlieren, vielleicht stehlen.
Besser bei mir.«

Wer wagte bei so viel Umsicht und Überzeu-
gungskraft schon zu widersprechen?

Also überreichten wir Mahmut *bey* – *bey* heißt
im Türkischen übrigens »Herr« und wird dem
Vornamen nachgestellt – demütig unsere Pässe.

Auf Zehenspitzen wollten wir uns in unser
Zimmer stehlen, als wir auch schon zurückbe-
fohlen wurden. Herr Demir blickte uns beide an,
als hätten wir ein Fadenkreuz auf der Stirn.

»Sie habe doch gesagt verheiratet!«

»Ja. Und das stimmt ja auch«, erklärte Stefan erstaunt.

»Warum verschiedene Nachname dann? Ihre
Frau heißt anders hinten.«

Langsam ärgerte sich mein urlaubsreifer Göttergatte über diesen Kasernenhofton. »Ja und?
Was interessiert Sie das?«

189

Ich sah Herrn Demir schon das imaginäre Gewehr durchladen, das nicht nur mein, sondern so gut wie jeder türkische Vater hinter der Tür stehen hat – und Herr Demir hielt seines eindeutig hinter der Theke der Rezeption bereit.

»Meine Hotel, meine Gäste, meine Regeln. Früher sogar andere Gesetze in diese Land. War nicht erlaubt, zwei Unverheiratete in ein Hotelzimmer. Deshalb interessiert mich.«

Stefan starrte mich ungläubig an. »Das ist doch jetzt nicht wahr, oder?«

»Doch schon, mein Herz, aber das war früher. Herr Demir wundert sich eben nur über unsere unterschiedlichen Nachnamen.«

Ein Blutbad zu Beginn unseres ersten gemeinsamen Türkeiurlaubes wollte ich unter allen Umständen vermeiden, außerdem wollte ich endlich halb nackt am Strand liegen – wirklich nur halb nackt, denn ich würde mein Oberteil schon allein wegen meiner Erziehung nicht ausziehen und in der Nähe von Rambo Demir erst recht nicht –, deshalb unternahm ich einen ersten Schlichtungsversuch. »Mahmut *bey,* wir sind zwar verheiratet, aber ich habe den Nachnamen nicht geändert, weil ich gerne meinen türkischen Familiennamen fortführen wollte. Ich habe keinen Bruder, der das tun könnte, und meinen Eltern bedeutet das nun einmal sehr viel.«

Das stimmte natürlich hinten und vorne nicht, meinen Eltern war es zunächst ziemlich schnurz gewesen und sie hatten keinen Gedanken an meinen Nachnamen verschwendet. Doch nachher, als ich darauf bestanden hatte, den Rest meines Lebens genauso heißen zu wollen wie bisher, da waren sie doch ein wenig stolz darauf. Meine Geschichte war also nicht ganz wahr, allerdings pathetisch genug, um das kühle Herz eines alten türkischen Militärs zu erwärmen.

Herr Demir entblößte vor Freude seine obere Zahnreihe und befahl uns einen schönen Urlaub in seinem Hotel. Wir gaben uns alle erdenkliche Mühe, unserem obersten Hotelkommandierenden zu gehorchen.

Halbnackt an den Strand haben wir es dann doch nicht geschafft. Stattdessen verbrachten wir den ersten Tag ineinander verknotet, schlafend und schnarchend auf dem Zimmer – die Fahrt hatte uns vollends geschafft. Erst am späten Abend gegen zweiundzwanzig Uhr schleppten wir uns verschlafen auf die Straße, und das auch nur, weil der Hunger uns aus dem Haus trieb. Gleich würden wir uns ein Lokal mit Blick auf das Meer aussuchen und den Tisch mit zwei erlesenen türkischen Menüs drapieren lassen.

Gleich. Ja, gleich. Wir gingen die Promenade

auf und ab und rauf und runter, doch ich konnte auf den mannshohen Aufstellern, die die Promenade säumten und allerhand zu essen versprachen, nichts annähernd Türkisches entdecken. Kein Kebab oder *Et Sote*, keine Gemüsegerichte mit Olivenöl und auch kein Baklava zum Dessert. Stattdessen wurden jede Menge saftige »Şinitzel« offeriert und dazu »Kartofelesallat«, ja sogar Mamas echte deutsche Kuchen, und für die Touristen mit gekacheltem Magen gab es *fish and chips* und so edle Auswüchse der Kochkunst wie *bangers and mash*! Ich war doch nicht in der Türkei, um fettige britische Würstchen mit Kartoffelbrei in mich hineinzustopfen! Ich wollte anständiges Essen. Ich wollte dafür zahlen! Hallo!

Keine Chance.

Hungrig und mit fast schon vor Beleidigung bibbernder Unterlippe sprach ich einen Kellner an, der vor einem Lokal stand, um potenzielle Gäste einzufangen.

»*Affedersiniz* – entschuldigen Sie bitte, gibt es hier denn kein richtiges türkisches Essen?«

Der Mann sah mich erstaunt an. Das wolle hier doch niemand essen, erklärte er. Natürlich seien wir hier in *Türkiye* und die einheimische Küche sei durchaus ein Pfund, mit dem man wuchern könne. Doch hier zählten nur die Pfund Sterling, mit denen andere wuchern konnten, und die bestimmten nun mal das Essensangebot. Also hatten wir an diesem Abend Kartofelesallat mit Weißwein zum Blick aufs Meer. Das war auch lecker.

Aber das Essen dort war nicht durchgängig zum Davonlaufen, im Gegenteil, als ich das Frühstücksbüfett in unserem Hotel sah, war ich beinahe geblendet von der Pracht. Alles, was mein türkischer Magen morgens vertrug: Käsesorten von herb bis mild, Oliven in verschiedenen Variationen – naturbelassen oder mit Sardellencreme gefüllt, Rührei mit *Sucuk,* der türkischen Knoblauchwurst –, Herr Demir wusste, wie man am besten in den Tag startet. Ich war sicher, dass es sein Einfluss war, denn das konnte man dem Frühstücksbüfett ansehen. Es stand geradezu stramm: Die Oliven warteten in Reih und Glied, der Schafskäse und die Gurken waren allem Anschein nach mit einem Lineal vermessen und mit einem Skalpell zugeschnitten worden – die gesamte Anordnung ein strategisches Meisterwerk.

Wir mampften zufrieden vor uns hin, als plötzlich ein Schatten auf unseren Tisch fiel.

»Mahmut *bey.*« Stefan und ich sprachen im Chor und waren gleichermaßen beunruhigt. Hatten wir etwa die Klimaanlage nicht ausgeschaltet, obwohl wir das Zimmer verlassen hatten? Hatte ich kein Oberteil an? Ich sah an mir herab, aber nö, alles in Ordnung, ich war durchaus korrekt gekleidet.

»Guten Morgen. Geht es Ihnen gut?« Hoppla, er wollte wohl nur Smalltalk machen.

»*Evet* – ja, sehr gut. Danke.«

Nach kurzem Blickkontakt entschieden wir, dass Stefan die Konversation übernehmen sollte. »Wie geht es Ihnen, Mahmut *bey*?«

»Sehr gut. Habe heute Morgen zwei Engländer rausgeworfen. Zu viel Alkohol, zu viel laut.« Aha, so etwas steigerte also seine Laune. »Schwierige Gäste, diese Engländer.«, erzählte er weiter. »Trinken viel, essen wenig. Gut für meine Kasse, aber schlecht für Nerven, weil nachts zu viel Lärm im Hotel. Die zwei von heute Morgen haben auch noch angefangen zu singen in der Nacht. Da war Ende.«

Stefan und ich konnten ein Lachen nicht unterdrücken, obwohl wir uns gestern vor allem in roten Farben ausgemalt hatten, wozu Herr Demir wohl in der Lage wäre, wenn er einmal richtig in Fahrt war.

Doch er grinste. Dieser Rauswurf hatte ihm anscheinend richtig Spaß gemacht. »Engländer sowieso komische Touristen«, befand er. »Können Sie ganz einfach erkennen. Sind nach einer Woche Urlaub immer noch ganz weiß oder Gegenteil, rot wie eine Hummer. Nix dazwischen.

194

Kommt darauf an, welche Uhrzeit sie hier eintreffen.«

Mit Fragezeichen in den Augen ermunterten wir ihn weiterzureden.

»Entweder sie kommen Abend an und trinken so viel, dass sie Taglicht nie mehr sehen, weil Rhythmus ist: morgens immer schlafen und nachts immer aufwachen und trinken. Die sind weiß wie Schafskäse. Oder kommen sie morgens an, trinken so viel, dass sie am Strand einschlafen und erst an Abend aufwachen. Die sind rot wie Hummer.« Die Militärjahre in ihm schüttelten sich. »Früher Engländer waren sehr gute Touristen. Viel Geld ausgegeben. Aber jetzt? Arme Königin. Was für Volk.«

Ich war neugierig geworden, wie deutsche Gäste auf Mahmut Demirs Touristenradar aussahen. »Und die Deutschen, wie sind die so?«, erkundigte ich mich gespannt.

Wahrscheinlich wird er einen Augenblick zögern, dachte ich, schließlich sitzt hier ein ganz schön langes Stück deutscher Tourist am Tisch und lauscht andächtig.

Pah, Augen auf und durch, war wohl das Motto von Mahmut *bey*. »Oh oh oh. Früher die beste Touristen. Sehr diszipliniert, immer pünktlich und viel Geld ausgegeben. Heute entweder laut und frech, oder leise und geizig. Viele deutsche

Touristen glauben: Habe ich Urlaub bezahlt und auch alle Kellner gekauft. Oder Zimmermädchen. Schlimme Besserwisser. Gibt aber auch gute. Immer Buch vor Gesicht am Pool.« Er sah Stefan tief in die Augen. »Welche Art sind Sie, Sie deutscher Tourist?«

Stefan musste nicht lange überlegen. »Oh. Sehr nett, würde ich sagen. Leise, dauernd am Lesen. Nicht wahr, mein Schatz?« Kleine Pause von Stefan und großes Lächeln von mir. »Und meine Frau gibt wahnsinnig viel Geld aus.«

Herr Demir fand das wohl sehr lustig: »Gute Kombination. Für mich!«

Ich konnte nicht so darüber lachen.

Zum Glück versteht es mein Liebster, mich schnell wieder milde zu stimmen. Nach dem Frühstück nahm er mich in den Arm. »Komm, wir fahren nach Fethiye, in die Stadt. Ein bisschen shoppen und Kuchen essen.«

Bei Süßigkeiten kann ich einfach nicht nein sagen. Wir stiegen also in unseren Mietwagen, einen Fiat Şahin, und fuhren los. Das heißt, Stefan fuhr los.

Ich setze mich in der Türkei grundsätzlich nicht ans Steuer. In Deutschland ja, natürlich. Österreich und Schweiz gehen auch noch. Aber in Italien zum Beispiel, um Gottes willen, niemals!

Und in der Türkei erst recht nicht. Ich bin doch nicht lebensmüde. Stefan eigentlich auch nicht, aber einer musste ja fahren.

Aus der Bucht von Ölüdeniz mussten wir uns regelrecht herauswinden. Die Straße, die aus dem Ort hinausführt, schraubt sich in Hunderten von Kurven durch bewaldetes Gebiet in die höher gelegenen Hügel. Schon in der fünften Kurve hatte Stefan steife Schultern vor Angst und ich jede Zurückhaltung abgelegt.

Ich beugte mich aus dem Fenster und brüllte dem Busfahrer auf der Gegenfahrbahn hinterher. *»Salak herif, kafayı mı yedin sen* – du Trottel, du hast wohl den Verstand verloren?«

Er hatte uns derart geschnitten, dass ich uns schon die Böschung hinunterrasen sah.

»Puh, das war vielleicht knapp«, raunte Stefan. »Aber du kannst doch hier nicht so herumbrüllen.« Er sammelte sich und warf mir einen strafenden Blick zu.

»Können?«, fragte ich ihn. »Können? Hier *muss* man brüllen, wenn man im Straßenverkehr überleben will!«

Er hatte ja keine Ahnung. Wenn er meinte, dass der moderne Mensch in Deutschland seinem Urzustand als Keule schwingendes Wesen nur im Straßenverkehr am nächsten sei, dann galt das in der Türkei in besonderem Maße. »Vor jeder

Kurve preise ich den Namen des Herrn. Und die anderen tun es auch. Und zwar zu Recht, mein Lieber …« Ich kam nicht weiter, denn ein bedenklich schief beladener Lastwagen mit Plastikkanistern auf der Ladefläche erhupte sich die Hälfte unserer Fahrspur zu seiner dazu.

»Zum Teufel, was ist denn hier los?«, entfuhr es Stefan.

Darauf konnte ich nur mit einem besserwisserischen Grinsen reagieren. In den drei Minuten, die wir bis zum nächsten Ort brauchten, wurden wir von vier Autos, zwei Bussen und drei Lastwagen lediglich angehupt.

Erst an der großen Kreuzung im Ort erlitt Stefan den nächsten Herzklappenabriss. »Hast du … hast du … hast du das gesehen?«

»Hm?«

»Der Typ ist bei so was von knallrot über die Ampel gefahren, das gibt's gar nicht.«

»Offenbar schon.«

»Ja, aber der hat gesehen, dass Rot war. Er hat richtig geguckt, ob rechts oder links einer kommt, und dann ist er einfach gefahren!«

»Mein Herz, ich hab dir doch gesagt, dass die sie hier nicht mehr alle haben. Bete und fahr weiter.«

»Beten, beten, guck mal der, der ist nicht angeschnallt. Ha! Der auch nicht! Jetzt guck doch mal, die Kinder! Ich werd bekloppt. Die sind

198

auch nicht angeschnallt und die Kleine da sitzt vorne!« Vielleicht war es doch besser, wenn ich fuhr? Denn wenn Stefan einen Herzinfarkt erlitt am Steuer, dann wäre das auch nicht gerade förderlich für den türkischen Straßenverkehr. »Und dieses Gehupe die ganze Zeit. Ich hoffe, wir sind gleich da, sonst werde ich noch wahnsinnig.«

Wenn ich mich an die ersten Kilometer von Mr Überkorrekt auf türkischen Straßen erinnere, kann ich kaum fassen, wie Stefan heute dort fährt. Sobald wir türkischen Mutterboden betreten, bricht dieses eigentümliche Verkehrsrowdyvirus aus, von dem er seinerzeit befallen wurde und das dafür sorgt, dass Stefan plötzlich allergisch wird gegen Sicherheitsgurte und dass seine Hand mit der Hupe verwächst. Er vertritt inzwischen die Ansicht: Ein türkisches Auto mit kaputter Hupe hat Totalschaden.

Bevor er allerdings zu dieser Erkenntnis gelangte, hatten wir noch etwas zu erledigen. Ein bisschen shoppen und Kuchen essen in Fethiye. Wenn auch in umgekehrter Reihenfolge.

»Komm, du Besserfahrer. Erst mal in eine *pastahane* (so heißen türkische Konditoreien) und Nervennahrung mampfen. Wir fräsen uns jetzt einmal durch die ganze Auslage, okay?«

Stefan war vollkommen einverstanden. Es wurde zwar doch nicht die ganze Auslage, aber wir schafften jeder eine Portion Profiterols und *Tulumba Tatlısı* (ein türkischer Spritzkuchen in Zuckersirup), und als uns davon immer noch nicht die Zähne ausfielen, gönnten wir uns noch jeder einen Milchreis. Mit *Annes* früherem Rezept konnte der natürlich nicht mithalten.

Moment, das bringt mich auf eine Idee. Ich bin gerade die ersten paar Stufen im Treppenhaus meiner Eltern hinuntergegangen, als ich die Plastikkiste mit den Vorspeisen und Salaten für unser Weihnachtsessen dort abstelle, wo ich gerade stehe, mich umdrehe und schnell wieder hochlaufe.

Meine Mutter hat die Tür noch nicht geschlossen und sieht mich überrascht an. »*N'oldu?* Was ist los?«

»Stefan hat doch gesagt, dass er die Mousse au chocolat nicht schafft, und du hast doch jetzt noch ein bisschen Zeit. Könntest du da vielleicht noch Milchreis machen? Hm, *Anne?*«

Meine Mutter schüttelt nur den Kopf und seufzt tief, war ja klar, dass das an ihr hängen bleibt.

Jetzt kann ich wirklich beruhigt nach Hause fahren, denn wo sonst hätte ich nachmittags an Heiligabend noch das Dessert herzaubern sollen?

Selbst die türkische Konditorei in Marxloh dürfte an diesem Tag leer gekauft sein, denn die haben inzwischen auch deutsche Gaumen für sich entdeckt.

Wahrscheinlich sind sie im Türkeiurlaub auf den Geschmack gekommen. Doch dort kann man auch weniger appetitlichen Süßspeisen begegnen, die zudem nur halb so türkisch sind, wie behauptet wird.

Diese Lektion haben auch Stefan und ich gelernt, in der Konditorei in Fethiye.

»Was ist denn das lange Bunte da im Schaufenster?« Stefan zeigte auf meterlange wurstähnliche Rollen, die grellbunt und teilweise weiß beflockt waren.

Meine – vor allem praktischen – Kenntnisse der türkischen Küche sind nahezu legendär; ich ekle mich vor wenig und esse beinahe alles (es darf sich allerdings nicht mehr bewegen). Diese merkwürdigen Gebilde in absolut magenunfreundlichen Farben hatte ich allerdings noch nie zuvor gesehen. Obwohl … Ich kannte etwas Ähnliches, *lokum,* türkischen Honig. Den gab es mit Haselnüssen oder Pistazien, mit Kokosstreuseln, als kleine Würfel oder am Stück – aber niemals in Pink oder Neongelb wie diese Dinger hier im Schaufenster. *Lokum* ist immer hellbraun bis vanillegelb.

Neugierig fragte ich also den Mann hinter der Theke: »*Affedersiniz. Bu ne?*«

»*Lokum.*«

Das konnte ja wohl nicht sein. Wonach sollte denn das schmecken? »*Ne lokumu?*«

»Avocado, Cranberry, Mango …«

Wollte der Typ mich auf den Arm nehmen? Seit wann machten wir *lokum* in diesen Geschmacksrichtungen?

Ich hätte wohl längere Zeit im Ausland verbracht, allem Anschein nach in Deutschland …

Was meinte dieser … dieser … schnöselige Konditoreifachverkäufer eigentlich!

Das sei jedenfalls der letzte Schrei und die Touristen seien verrückt danach. Und tatsächlich, während ich mich von ihm belehren ließ, kaufte ein britisches Paar ein ganzes Kilo neongelbes *lokum* bei seiner Kollegin. Sie hielten das für eine echt türkische Spezialität. Im Laufe unseres Urlaubes musste ich noch weit mehr Touristen beim Kauf dieser gefährlich grellen Würste beobachten – entweder man erblindete bei deren Anblick oder man verendete an den wahrscheinlich hochgiftigen Farben. Aber in der Türkei hatte man davon bisher nichts mitbekommen, die Touristen aßen das Zeug sicher erst zu Hause. Oder noch besser: Sie schenkten es lieben Freunden und Bekannten.

Es ist wirklich nicht so, dass alles schrecklich war
in unserem Urlaub, um Gottes willen, nein. Aber
es ist nun mal leichter, all die schrecklichen
Dinge aufzuzählen als die wunderschönen Son-
nenauf- und Sonnenuntergänge und die langen
und lustigen Gespräche mit bezaubernden Menschen, die wir kennen gelernt haben.

Da Sie jetzt sicher ohnehin denken, dass ich
eine alte Meckertante bin, kann ich auch gleich
noch loswerden, was ich am allerschlimm-
schrecklichsten fand: nämlich, dass es weit und
breit keinen anständigen türkischen Tee zu trinken gab. Das müssen Sie sich mal vorstellen! Da
bin ich im Land *der* Teetrinker schlechthin, wo
wir als Säuglinge schon süchtig geboren werden,
weil unsere Mütter während der Schwanger-
schaft selbstverständlich nicht rauchen oder Alkohol konsumieren, dafür aber literweise schwarzen Tee in sich hineinschütten, egal zu welcher
Tages- oder Nachtzeit, und dann bekomme ich
in keinem einzigen Café in ganz Ölüdeniz oder
Hisarönü oder wie auch immer die Orte ringsum heißen mögen, frisch gebrühten schwarzen
Tee aus der türkischen Doppelkanne!

Das seien schließlich Touristenorte, bekam ich
auf meine empörte Nachfrage zu hören, die aus-
ländischen Gäste interessierten sich nicht weiter
für schwarzen Tee.

Wissen Sie, was man mir serviert hat, als ich dort Tee bestellt habe? Ein Glas heißes Wasser mit einem Papierbeutel, in dem sich Teestaub befand. Das waren nicht einmal Teeblätter. Pfui bäh!

Ganz ehrlich, das ist ein echter Türkentest. Wenn sie jemandem so etwas vorsetzen und er kriegt gleich Ausschlag und Allergie und Pusteln – richtig, dann haben sie einen waschechten türkischen Teetrinker vor sich, und zwar einen, der die Plörre garantiert nicht leiden mag. Bevor ich jetzt wieder von irgendwem höre, ich hätte wohl längere Zeit im Ausland verbracht, nein (eher haben die anderen Banausen wohl längere Zeit auf dem Mond verbracht), für diese Fehlentwicklung in Sachen Teekultur gibt es keine Entschuldigung! Zum Glück sieht es im Rest des Landes ganz anders aus.

Aber das ist eigentlich noch gar nicht das Allerschlimmschrecklichste, muss ich gerade feststellen. Denn die absolute Krönung dieser kulturellen Entgleisung ist, dass die überwiegende Mehrzahl der Touristen glaubt, *der* türkische Tee schlechthin, das regelrechte Nationalgetränk, das sei Apfeltee, A-P-F-E-L-T-E-E.

Lassen Sie es mich an dieser Stelle ein für alle Mal klarstellen: Ein anständiger Türke trinkt keinen Apfeltee. Er hat nie welchen getrunken und er wird auch in Zukunft keinen zu sich nehmen.

Wenn Sie so etwas mögen, bitte schön.

Doch das ist nicht türkisch, sondern bestenfalls touristisch.

Gut, das wäre also geklärt. Noch was?

Hm.

Ach ja, es ist übrigens ein Gerücht, dass Sie unbedingt jede Einladung irgendeines x-beliebigen Händlers zu irgendeinem x-beliebigen Tee (wahrscheinlich sowieso Apfel-Beuteltee) annehmen oder jeden ihnen angebotenen Teppich oder Läufer kaufen müssen, weil Ihre Gastgeber sonst beleidigt sein könnten. Sollen sie doch, diese Leberwürste. Wir haben es jedenfalls nicht getan.

11
Das Weihnachtsfest

Weihnachten – die Zeit der Wunder.

Eines ist in den wenigen Stunden meiner Abwesenheit in unserer Wohnung geschehen. Mascha und ihre Tochter haben gewienert und geschrubbt, wo ich in meiner Verzweiflung am liebsten einen Flammenwerfer hingehalten hätte. Kein Staubkorn ist mehr zu sehen und sogar die Fenster glänzen.

Meine Schutzbefohlenen Sıla, Gözde und Stefan haben ihre Aufgaben nicht ganz, aber anscheinend doch weitgehend erfüllt und befassen sich

inzwischen mit so überlebenswichtigen Fragen
wie: Welches Unterhemd ziehe ich an? Welches
Geschenkband nehme ich denn jetzt? Verflucht,
wo ist die Zahnseide?

Da der Baum noch immer nicht geschmückt
ist, entscheide ich mich, ihnen ein wenig Feuer
unter dem Hintern zu machen: »Es ist kurz vor
drei. In einer halben Stunde will ich hier Ergeb-
nisse sehen. Habt ihr mich verstanden?«

Zur Antwort erhalte ich Brummen und Zun-
genschnalzer – man könnte meinen, mein Vater
sei hier.

Doch ich habe jetzt wirklich Wichtigeres zu
tun und kann den dreien nicht nachrennen.

Ich stehe in einem gänzlich unfestlichen Aufzug – Jogginghose und T-Shirt unter einer Koch-
schürze – in der Küche und taxiere die Pute, die
in einem tiefen Backblech auf der Arbeitsplatte
liegt.

Im Federkleid schon ist sie ein ausgesprochen
hässliches Tier, finde ich. Und nackt sieht sie auch
nicht viel besser aus – erst recht nicht mit meiner
Hand in ihrem Innersten. Doch das muss jetzt
sein. Ich habe gestern Vormittag, an meinem Geburtstag, eine herrlich duftende Masse vorbereitet, mit der ich jetzt diese Pute zu füllen gedenke.

Da wir ohnehin ein deutsch-türkisches Fest
feiern, habe ich noch ein bisschen mehr Farbe ins

Spiel gebracht und ein griechisches Rezept für die Füllung genommen. Hackfleisch und Reis in Butter angebraten, ganz wenig Minze, Tomatenwürfel dazu, etwas Weißwein, Zimt und getrocknete Nelken, köcheln lassen. Das Ganze hat über Nacht gezogen und jetzt zieht es in die Pute ein.

Doch das ist nicht ganz einfach. Zum einen mache ich das zum ersten Mal. Zum anderen muss ich sehr vorsichtig sein, darf zum Beispiel keinen Löffel benutzen, um die Pute zu füllen, denn sie soll dabei nicht zu Schaden kommen. Nicht mehr als ohnehin schon, denn immerhin ist sie ja tot.

Dennoch: Ich könnte sie beispielsweise hinten durchstoßen. Damit das nicht passiert, mache ich alles mit meiner gefühlvollen nackten Hand. Aber das verflixte Vieh bleibt einfach nicht so liegen, wie ich es will. Mit der einen Hand öffne ich den Hals ganz weit und mit der anderen schiebe ich die Füllung in den Vogel, doch der dreht und bewegt sich. Das nervt unglaublich. Außerdem fühlt es sich obszön an, mein Arm in diesem weichen Tier, dessen Fleisch unter dem Druck meiner Finger nachgibt und dadurch furchtbar lebendig erscheint. Ich schüttle mich vor Abscheu. Jemand muss es festhalten!

»Steeeefaaaaaaaaan?« Ich rufe um Hilfe, aber Dean Martin ist um einiges kraftvoller als ich.

Seine Stimme tönt in beachtlicher Lautstärke aus dem Wohnzimmer, er singt »Let it snow!«. Na fein, da hat wohl jemand die Ratpack-Weihnachts-CD entdeckt. »Sıııııııılaaaaaaaaa?« Keine Antwort. »Gööööööözdeeeeeee?«

Anscheinend ist außer Dean Martin gerade niemand da. Ihr Geißeln der Menschheit, wo seid ihr bloß alle hin? »Verflucht.« Ich habe zwar gerade überhaupt keine Zeit für diesen Quatsch, aber ich wische mir trotzdem die Hände an einem Handtuch ab und stapfe ins Wohnzimmer.

Ich kann gar nicht glauben, was ich sehe. Sıla sitzt mit der Föhnbürste in ihrem widerspenstigen Pony auf der Couch, hat die Füße auf dem Tisch abgelegt und nascht von den Dominosteinen, Gözde daneben bestaunt das Booklet der Ratpack-CD und Stefan steht an der Stereoanlage und überlegt offenbar, mit welchem Lied er uns als Nächstes beschallen soll.

»*Siz manyakmısınız?*«, fahre ich sie an. Und dann noch einmal, damit keiner sagen kann, er hätte es nicht verstanden: »Seid ihr bekloppt, oder was?«

Hektisch steht Sıla auf. »Ist ja gut, ist so weit alles fertig, ich wollte mich nur mal kurz ausruhen.« Schnell huscht sie ins Bad.

Angesichts der geschwollenen Ader auf meiner Stirn entscheiden sich Gözde und Stefan ebenfalls, sofort betriebsam auszusehen. Zu zweit stellen sie sich an den Baum und wollen ihn weiter schmücken, doch ich brauche Stefans Hände.

»Du. Mitkommen. Küche.«

Ich weise Stefan kurz ein und nun stützt er die Pute mit beiden Händen an den Seiten, während ich ihr wieder den Hals weit öffne (ist das überhaupt der Hals?). Ich nehme etwas von der Füllung, stopfe meine Hand weit in die Pute hinein, öffne die Hand, schiebe die Masse umher und will sie gerade wieder herausziehen, als es irgendwo leise klirrt. Dann ein Aufschrei. Mein Arm steckt fast bis zum Ellbogen im Abendessen. »Das ist Gözde. Schnell, Stefan, sieh nach.«

Ich reiße meine Hand aus dem Vogel und wische sie im Laufschritt an meiner Schürze ab.

Meine kleine Schwester kniet mit verkniffenem Mund neben dem Tannenbaum und beguckt ihre Hand. »Mir ist eine Kugel runtergefallen und als ich die Einzelteile aufheben wollte, habe ich mir wehgetan«, erklärt sie und verzieht das Gesicht, weil Stefan ihr gerade einen Splitter herauszieht.

»Tut mir leid, Maus. Kümmert euch erst mal um die Hand, der Baum ist ja eh fast fertig.« Ich lasse die beiden allein und trotte wieder in die Küche.

Ich habe meine Hände noch nicht wieder in die Pute getaucht, da klingelt das Telefon.

»Bei der Arbeit.«, ruft Stefan aus dem Wohnzimmer und aus dem Bad höre ich nur das Heulen des Haartrockners, also gehe ich selbst ran. »*Efendim*?«

Am anderen Ende meldet sich meine Mutter. »*Alo kızım, herşey tamam mı*?«

Ich überlege kurz, ob ich die Wahrheit sagen soll, lasse es dann jedoch lieber. »Ja, Mama, alles in Ordnung.«

»Deine Schwiegereltern kommen doch errst gegen sechs, nicht wahr?«, will sie wissen.

»Ja, stimmt.«

»Wir schaffen auch errst dann. Nicht um fünf, wie ebben besprochen.«

Warum denn, denke ich, was ist jetzt anders als noch vor einer Stunde? Dann erfahre ich, was anders ist.

Onkel Yusuf, mein *Dayı*, hatte sich heute kurz vor dem Mittagessen noch einmal hingelegt. Tante Fatma hatte ihm dazu geraten. Es würde doch sicher spät werden heute Abend, da sollte er sich ein wenig ausruhen vorher.

Dayı kämmt also zur Entspannung seinen pechschwarzen Schnurrbart (so viele Haare hat er nicht mal mehr auf dem Kopf), schlüpft in seinen Pyjama und legt sich ins Bett ... und steht nach nur zwei Minuten fast senkrecht im selbigen! Denn in der Wohnung über ihnen hat die Bescherung bereits angefangen.

Der übergewichtige Herr Kehrmann jagt seine dürre Frau und die beiden Söhne durch die Wohnung, dass die Decke erzittert, sie schreit und die Kinder heulen und quieken, als ginge es um ihr Leben. Die Familie wohnt erst seit wenigen Wochen in dem Haus, hat sich allerdings bereits einen soliden Ruf als Krawallbande erarbeitet.

Doch Onkel Yusuf weiß es besser. »Ist nicht die Familie das Problem«, erzählte er kürzlich meinen Eltern. »Der Mann ist das Problem. Schweinevater. Schlägt alle. Frau, Kinder. Eine Schweinevater.«

Als meine Mutter das merkwürdige Flackern in den Augen ihres Bruders bemerkte, wurde sie unruhig und bat ihn inständig, keine Dummheiten zu machen. Das könne übel ausgehen, wenn sich die Frau zum Beispiel gar nicht helfen lassen wollte. »Dann rruf lieber die Polizei«, riet sie ihm.

»Ach was«, meinte darauf mein Onkel, er würde diesem Typen bei Gelegenheit nur mal persönlich die Hausordnung vorlesen.

Jetzt saß er also im Bett und lauschte ungläubig dem Weihnachtstheater über ihm. *»Allahın belalan«*, schimpfte er und wollte sich eigentlich gerade wieder hinlegen, als über ihm plötzlich etwas laut zerbarst. Das Klirren hallte im ganzen Haus wider und fand sein Echo im erneuten Gezeter der Kehrmanns.

»Jetzt kannst du aber was erleben!« Onkel Yusuf
sprang aus dem Bett, schnappte sich seine Schlüssel von der Kommode im Flur, riss die Wohnungstür auf und lief barfuß in den Keller. Im Pyjama. Dort kramte er eine Axt hervor, eilte die
Treppen wieder hinauf, machte auf Höhe der
Haustür kurz halt, um die Hausordnung von der
Pinnwand zu reißen, lief weiter nach oben, an der
eigenen offenen Wohnungstür vorbei, wo Tante
Fatma mit dem Kochlöffel in der Hand stand
und den Kopf schüttelte, bis hinauf zu den Kehrmanns. Drinnen tobte weiter die ganze Familie.

»Heeeeeeeeeeeey, du Aschlok!« Onkel Yusuf
brüllte durch das ganze Treppenhaus. »Es ist
Weihnachten!« Mit der Axt und der Hausordnung in der Hand trat Onkel Yusuf wie wild gegen die Tür, es rumpelte so laut, dass zumindest
die Kinder verstummten. »Komm raus, wenn du
Mann bist, du Aschlok!«

Die Stimmen hinter der Tür klangen jetzt sehr
gedämpft. Herr Kehrmann hatte wohl durch den
Spion gesehen, denn auf einmal rief er: »Hau ab,
du Irrer! Ich hole die Polizei! Und dann gehst du
in den Knast!«

So was, der spinnt wohl, dachte Onkel Yusuf.
Der schlägt ausgerechnet in der Mittagzeit an
Heiligabend seine Familie kurz und klein und
dann meint der auch noch, er, Yusuf, würde in

214

den Knast gehen. »Du Aschgeige, du. Du gehst gleich in Knast!«, rief mein Onkel, hielt das Blatt mit der Hausordnung an die Tür und schlug die Axt hinein. »Da hast du Hausordnung. Wenn du lesen kannst.«

Atemlos höre ich meiner Mutter am Telefon zu. »*Anne,* das kann doch nicht wahr sein. Und was ist dann passiert?«

»Die Polizei hat *Dayı* mitgenommen. Er ist jetzt auf der Wache.«

»Ach du Scheiße!« Ich sehe uns schon mit der halbgaren Pute unter dem Arm meinen Onkel im Gefängnis besuchen. Wir können uns hier ja nicht einfach in aller Seelenruhe die Bäuche voll schlagen und Geschenke auspacken, während Onkel Yusuf hinter Gittern hockt.

»Trotzdem keine Problem«, seufzt meine Mutter da. »Die Polizei weiß, dass die Nachbarn immer streiten und sich schlagen. Sie lasse deine Onkel gehen. Die Kinder fahren selbst mit Auto, aber deine Onkel und Tante holen wir lieberr ab, Papa und ich. Die beide brauchen nurr etwas länger, weil *Dayı* noch nach Hause muss, sich umziehen. Er will nicht mit Pyjama kommen.«

Als die Uhr zehn Minuten vor sechs zeigt, brennen goldene Kerzen auf dem Esstisch, auf den

Fensterbänken hat Gözde mehrere Dutzend Teelichte entzündet und der Baum leuchtet rot und golden geschmückt. Stefan, Sıla, Gözde und ich liegen in Festtagsmontur im Wohnzimmer verteilt auf den Sofas herum und können nicht fassen, dass es gleich erst richtig losgehen wird.

»Also, ich heirate bestimmt mal keine Kartoffel«, sagt Gözde mit einem abschätzigen Blick auf Stefan.

»Du kriegst doch gar keinen ab«, mault der.

Und Sıla ergänzt: »Einer mehr würde die Sache auch nicht schlimmer machen.«

Wundervoll. Wir sind in der richtigen Weihnachtsstimmung und sogar die Klingel hört sich heute festlich an. Voller Elan öffne ich die Tür.

»Hallo Töchterchen!« Das sind meine Schwiegereltern samt Stefans Schwester und Anhang. Ihre Taschen mit den Geschenken plumpsen auf den Boden und ich werde gedrückt und geküsst. Sıla und Gözde nehmen den beiden die Jacken ab, Stefan umarmt seine Schwester und kneift seine Nichte Marie in die Wange, da höre ich schon weiteres Getrappel im Treppenhaus. *Anne* und *Baba* kommen herauf, die Arme voller Schalen und Tabletts.

»Hallo, hier ist das Weihnachtsmenü auf Rädern!«, ruft dahinter mein Cousin Burak, ihm folgt der schwer beladene Rest der Karawane mit meinen Cousinen. Sie schieben sich durch die Tür in die Diele. Ich sehe alle in Zeitlupe ablegen, kichern, sich in der Wohnung verteilen, manche flüstern sich gegenseitig ins Ohr, weil sie sich eine Weile nicht gesehen haben oder unbedingt wissen wollen, welches Geschenk jemand bekommt, Tüten werden abgestellt und an Wände gelehnt, Betül und Tülin behalten völlig untürkisch die Schuhe an und bewundern zusammen mit meinen Schwestern den Tannenbaum. Währenddessen lassen die Herren sich laut redend im Wohnzimmer nieder und wollen alle Einzelheiten der Axtattacke hören.

Anne und meine Schwiegermutter stehen noch in der Diele und können sich offenbar gar nicht mehr voneinander trennen, deshalb umarmt Tante Fatma beide auf einmal. Die drei müssen heftig lachen und lassen sich dann doch noch los.

»Und, Frau Müller, wie geht Ihnen?« Tante Fatma siezt meine Schwiegermutter mit einem Lächeln, weil sie sich seit bestimmt drei Monaten nicht mehr gesehen haben.

»Ach, Fatma, wie soll es gehen? Ein paar müde Stellen im Gehirn hab ich, von dem Feiertagstrubel«, antwortet sie.

Was soll ich da eigentlich sagen? Ich lausche den beiden trotzdem mit meinem freundlichsten Gesicht.

»Irgendwelche Neues?«, setzt Tante Fatma nach.

»Ach nein. Alles beim Alten«, sagt Schwiegermama. »Und von den Kindern gibt es ja auch nichts Neues. Unser Mädchen hier wird und wird nicht rund.«

Ich rolle ablehnend mit den Augen und meine eigene Mutter stimmt ihr mit beiden Augenbrauen zu.

Die haben sich doch hundertprozentig abgesprochen! Ich stelle endgültig fest, dass deutsche und türkische Mütter gleichermaßen nervig sind. Ich werde mich jedoch nicht ärgern lassen, deshalb gehe ich in die Küche und schaue nach meiner Pute, die im Backofen ihrer herrlich duftenden Bestimmung entgegenbrät.

Sıla erscheint kurz hinter mir. Sie ist ein Schatz und stellt Gläser für alle auf ein großes Tablett, Stefan holt derweil schon mal die Getränke aus dem Kühlschrank. Schnell huschen sie wieder zu den Gästen im Wohnzimmer. Ich hocke noch immer andächtig vor dem Backofenfenster und versuche meine Kräfte zu sammeln.

»Mmmhh, das riecht aber gut.« Aus *Annes* Stimme hinter mir klingt Anerkennung.

Schwiegermama und Tante Fatma ziehen den Duft in ihre Nasen. »Hast du nach unsre Telefongesprräch doch geschafft mit die Füllung?«

Ich werde jetzt den Teufel tun und erzählen,

dass ich dieses blöde Vieh sogar geohrfeigt habe, weil es nicht ruhig liegen bleiben wollte. Stattdessen nicke ich selbstverständlich.

»Na klar«, fällt meine Schwiegermutter ein. »Das ist doch kein Problem für unser Mädchen. Aber jetzt komm erst mal mit, Kindchen. Bevor wir hier anfangen mit Weihnachten, müssen wir noch etwas nachholen. Wir haben uns ja gestern nicht gesehen und du bekommst noch dein Geburtstagsgeschenk von uns.«

Das hört sich doch mal gut an. Bereitwillig folge ich ihr ins Wohnzimmer.

»Achtung, Achtung, nachträgliches Geburtstagsgeschenk«, kündigt Marie an.

Das muss ja was ganz Dolles sein, so rot wie ihre Wangen glühen.

Ich setze mich erwartungsfroh auf einen Stuhl mitten in der Gästeschar und meine Schwägerin stellt mir ein wirklich großes Paket auf den Schoß. Doch zu meinem Erstaunen ist es gar nicht schwer.

Mein Blick verrät, dass ich grüble, deshalb sagt meine Schwiegermutter: »Mach schon auf. Es ist nur ein Wink mit dem Zaunpfahl.«

Ich reiße es auf und blicke auf Unmengen zerknüllter Zeitungsseiten. Ich stecke die Arme hinein und versuche, mein Geschenk zu ertasten. Aber da ist nichts!

»Ihr wollt mich wohl auf den Arm nehmen.«
Ich gucke meine deutsche Familie mit einem
kollektiv strafenden Blick an. Genau in diesem
Augenblick bekomme ich etwas zu fassen. Es ist
weich, ja, es ist aus Stoff, glaube ich, ich ziehe es
heraus und halte es in die Höhe …

Mein Gott, es ist ein Still-BH.

Meine Augen kleben förmlich daran.

Ein Büstenhalter, den frau vorne aufmachen
kann …

Meine Verwandtschaft lacht sich beinahe ins
Koma, Sıla laufen die Tränen nur so übers Gesicht und meine Cousins halten sich die Bäuche.
Meine Schwiegermutter und meine Schwägerin
schnappen mit vor Lachen verzerrten Gesichtern
nach Luft.

Haben die sie noch alle? Ich bin fassungslos
und fange schließlich selbst an zu prusten. »Ihr
wollt mich wirklich auf den Arm nehmen.«

»Ach, weißt du«, japst meine Schwiegermutter
zwischen zwei Lachanfällen, »wir haben inzwischen auch das Gefühl, dass ihr uns auf den Arm
nehmt. Wir wollen endlich Enkelkinder!«

Das gesamte verräterische Pack applaudiert.
Außer Stefan natürlich. Der muss zwar auch lachen, steht aber auf, kommt zu mir und nimmt
mich in den Arm.

»Lasst uns bloß in Ruhe«, droht er allen lachend,

»sonst kaufen wir uns wirklich einen Hund und ihr müsst ihn reihum hüten, wenn wir in Urlaub fahren.« Er nimmt den Büstenhalter und hängt ihn an unseren Tannenbaum, dann klatscht er in die Hände. »So. Jetzt wollen wir mal langsam den Tisch decken und essen. Sonst verliert ihr noch völlig den Verstand.«

Wir stellen uns Arm in Arm neben den Weihnachtsbaum und beobachten, wie Sıla und Gözde das Tischdecken organisieren. Meine Cousins und Cousinen gehen in die Küche und tragen nach und nach die weihnachtlichen Köstlichkeiten des Orients herein.

Stefan umarmt mich ganz fest und drückt mir einen Kuss auf die Stirn. »Danke, mein Herz«, flüstert er mir ins Ohr, »herşey için teşekkürler – das ist ein wunderschönes Weihnachtsfest.«

Ich will ihn genauso dankbar anlächeln, aber ich spüre gerade so ein Ziehen im Bauch.

»Was ist?«, will Stefan wissen, als er bemerkt, dass irgendwas nicht stimmt.

»Keine Ahnung.« Ich zucke mit den Schultern. »Ich hab das schon ein paar Tage. Erst habe ich geglaubt, das ist der Stress wegen der Vorbereitungen, heute dachte ich, meine Verdauung ist durcheinander, weil ich gestern so viel gegessen habe und heute ja nur so wenig geschlafen. Aber jetzt glaube ich eher, dass es mein Unterleib ist.«

»Deine Periode?«

»Pfff, weiß nicht. Müsste aber bald kommen, glaube ich. Oder?«

Ich versuche mich zu erinnern und nachzurechnen.

»Hmm?«

Ich erinnere mich.

Rechne nach.

Und sehe Stefan ganz tief in die Augen.

»Sag jetzt bloß nichts Falsches.«

Danke. Tesekkür.

Der größte Dank gilt meiner Familie – *hepinize çok çok çok teşekkürler* – für die Inspiration und dafür, dass sie mich hoffentlich nicht enterbt, weil ich hier viele wahre Geschichten ausgeplaudert habe. Zu meinem eigenen Schutz füge ich hinzu, dass sich zwar vieles tatsächlich so zugetragen hat, doch ich verrate nicht, was. Da mein Vater zufällig auch Ali heißt, wie der Vater in diesem Buch, stelle ich hiermit fest, dass mein Vater kein Barbar, sondern vielmehr der coolste Vater der Welt ist.

Ähnliches gilt für die anderen Mitglieder meiner Familie. Ich möchte mich bei Daniel Oertel und Angela Troni für die Unterstützung bedanken, und ganz besonders bei Birand Bingül für seine wertvollen Hinweise und seine Freundschaft.

»Ein wunderbar witziges, warmherziges Buch. Wer noch keine italienischen Verwandten hat, wird nach der Lektüre unbedingt welche haben wollen.« Axel Hacke

»Als ich meine Frau heiratete, konnte ihre süditalienische Familie leider nicht dabei sein. Zu weit, zu teuer, zu kalt. Schade, dachte ich und öffnete ihr Geschenk. Zum Vorschein kam ein monströser Schwan aus Porzellan mit einem großen Loch im Rücken, in das man Bonbons füllt. Menschen, die einem so etwas schenken, muss man einfach kennen lernen.«

»Göttliche Geschichten. Ein unverzichtbarer Beitrag zur deutsch-italienischen Freundschaft. Und saukomisch.«
Stern

Jan Weiler

Maria, ihm schmeckt's nicht!

Geschichten von meiner italienischen Sippe

Originalausgabe

ULLSTEIN TASCHENBUCH

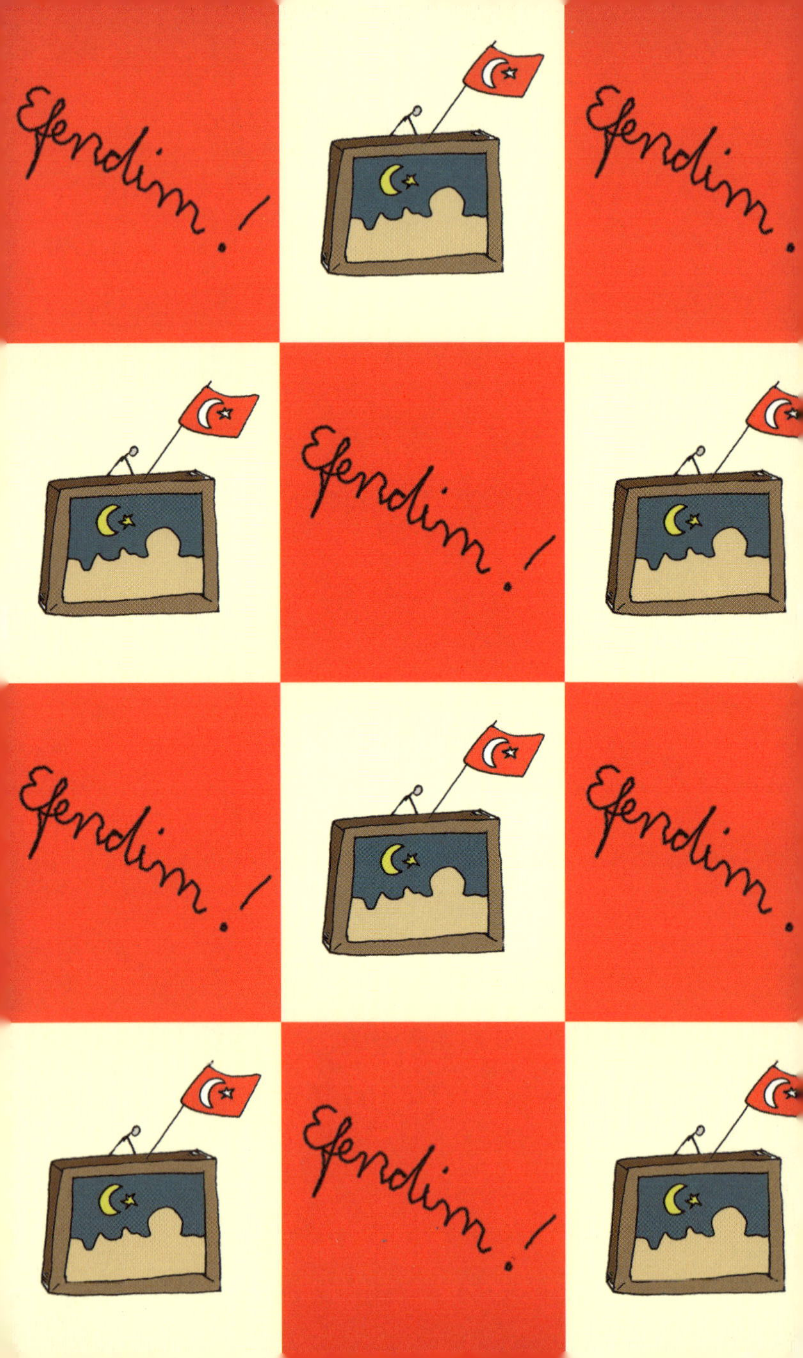